Immagine di copertina ed elaborazione grafica: Antonio Tarantello, logo: Emanuele Tagliaferri, elaborazione grafica: Antonio Tarantello.

I0649860

Palestra di scrittura Creativa e Stile Gratuita

# La Leggenda della Bocca d'Oro

*Marco Corsa*

ISBN: 979-12-210-5529-0

# Dedica

A tutti coloro che mi hanno letto, criticato, suggerito e comunque seguito e alla mia editor, che si è subito innamorata di questo testo, permettendogli di crescere.

# Prologo

La guerra era quasi finita. L'alba del 6 giugno 1944 era stata una carneficina, ma aveva avuto gli effetti sperati. Anche lo sbarco in Sicilia e l'operazione Corkscrew in Pantelleria erano già avvenute, ma la campagna aveva avuto un esito deludente per gli Alleati, che non erano riusciti a impedire la ritirata delle truppe italo-tedesche del generale Hans-Valentin Hube.

Gli americani e gli inglesi avevano preso possesso della Sicilia e avanzavano in Italia, mentre la HMS Ajax pattugliava il mare intorno all'isola di Creta e la Grecia. Le aviazioni alleate avevano una forza distruttiva tale da riuscire a inchiodare e distruggere gli avversari nei propri edifici, ma i tedeschi erano più impegnati a ritirarsi e a raccogliere gli ultimi pezzi piuttosto che a contrattaccare. Mentre la guerra si trascinava negli ultimi strascichi, le missioni di pattugliamento erano perlustrazioni di basi vuote, quindi poco interessanti, che era inutile bombardare. «Ponti d'oro al nemico che fugge.»

## Nota dell'autore:

Questo prologo deve solo mostrare il periodo e l'ambientazione della mia storia. Tutto il resto non vuole e non deve necessariamente rispettare nessuna verità storica. Anche la geografia fisica e politica dell'isola di Gozzo non sono necessariamente rispondenti alla realtà. La nave HMS Ajax è realmente esistita e ha pattugliato le acque del mar libico, ma il dispiegamento della nave non rappresenta il vero storico. Comunque, salvo dove non abbia dovuto necessariamente piegarli alla storia per esigenze «di copione», mi sono sforzato di rispettare i fatti.

# Indice

# Ringraziamenti

A Sameda Halilai, che ha avuto la disavventura d'innamorarsi di questa storia, credendoci quanto me e collaborando attivamente alla sua stesura finale. Al mio amico Renzo Catello e Caterina Moscini del gruppo Facebook Palestra di Scrittura Creativa e Stile Gratuita che, essendo scrittori, sono stati prodighi di ottimi suggerimenti.

# La Leggenda della Bocca d'Oro

## Marco Corsa

# Capitolo 1 Lo sbarco

Marco non era bello, ma era alto, bruno e fisicamente proporzionato, quindi faceva la sua figura con la divisa della marina inglese. Si godeva il sole, il mare era calmo e la navigazione procedeva veloce e tranquilla, mentre un lieve odore di iodio si diffondeva nell'aria. L'isola di Gozzo, di fronte alla nave, cominciava a essere ben definita anche a occhio nudo. Un altro guardiamarina stava rientrando trafelato sottocoperta.

«Non ti sembra una base quella?» disse fermandosi di colpo.

«Dove?»

«Sulla destra.»

Marco si spostò per avere una visuale più ampia non disturbata dalle due torrette di cannoni. «È Kastri.» disse, mentre al marinaio veniva un dubbio.

«Kastri dici? Non mi pare.» rispose l'altro tentando di guardare meglio. «Guarda!» Indicò un punto. «La costruzione grande accanto al paese.»

«Forse hai ragione.» disse Marco sforzandosi di distinguere la sagoma. Mentre lo faceva e rifletteva, si mordicchiava inconsapevolmente l'interno della mano, tra pollice e indice. Quel piccolo tic lo aiutava a concentrarsi. Alla fine fu d'accordo anche lui che si trattava di una base.

«Cosa ci fa una base in mezzo alle capre di Gozzo?» chiese l'altro.

«Siamo all'estremità dell'Europa, di fronte all'Africa, dove c'è il nemico. Secondo me ha senso. Segnaliamola. Al limite, se sbagliamo, passeremo qualche ora alla fonda.» disse Marco mentre accompagnava l'altro sottocoperta. Entrarono sul ponte di comando e scattarono sull'attenti.

«Che cosa c'è?» chiese il Capitano di Fregata, spingendoli a parlare.

«Abbiamo avvistato qualcosa, signor capitano.»

Il commodoro Harwood, già curvo su una cartina fisica dell'isola, era un uomo di bell'aspetto, ma di una certa età e quando si concentrava, come in quel momento, si accarezzava la folta barba sale e pepe. «Abbiamo visto.» rispose senza alzare lo sguardo, poi si rivolse al suo vice, il Capitano di Fregata, che era un giovane snello. La guerra aveva portato a raschiare parecchi barili. Normalmente un uomo di quell'età non sarebbe ancora arrivato a quella posizione, ma il commodoro Harwood, che aveva già una certa "voce" presso gli ambienti che contano, non potendo contare sull'esperienza, aveva chiesto e ottenuto qualcuno dalle indiscusse capacità, almeno teoriche. In poche parole, il capitano, nella sua breve carriera, soprattutto alla scuola di guerra, si era distinto. «Ci rendiamo conto di quanto sia vicina a Kastri, poi puntiamo a ovest, ci nascondiamo dietro ai monti e chiamiamo le forze aeree.»

«Non potrebbero bastare i nostri aerei?» disse il vice.

«Preferisco una differenza di forze più cospicua. Meglio non rischiare.»

«Guardi.» Il secondo gli porse il binocolo. «Kastri è troppo vicina.»

Il comandante si fece pensieroso. Non voleva rischiare altri uomini in una missione di ricognizione su un'isoletta scarsamente importante, però Kastri era troppo vicina e bisognava capire quanti isolani venivano impegnati giornalmente nella base. Stavolta erano necessarie informazioni e non si poteva intervenire solo con la forza aerea facendo un bombardamento a tappeto. Restituì il binocolo. «Organizzi una ricognizione sotto copertura. Qualcuno che parli greco, con un accento accettabile.»

Quelle singole, misurate, frasi significavano che sarebbero sbarcati pochi uomini, si sarebbero nascosti, o che si sarebbero mischiati alla popolazione, e avrebbero raccolto più informazioni possibili.

«Io, comandante.» disse Marco. Sapeva che con quell'affermazione si stava offrendo volontario per quella missione e aveva quel sottile velo di paura che spinge alla prudenza, ma probabilmente era l'unico che parlasse greco sulla nave e aveva già svolto quel tipo di missioni. Tanto valeva fare bella figura anziché rischiare che arrivassero a lui dopo avere spulciato le informazioni personali, magari scoprendo che era già informato, ricavandone una sonora figuraccia. Era sempre stato un buon soldato e doveva tutto alla Marina, quindi una figuraccia non l'avrebbe sopportata.

«Ha esperienza di ricognizioni?» chiese il comandante.

«Due missioni.» disse pensando che con quell'ultima verità non sarebbe più riuscito a sottrarsi.

Il comandante lo valutò con uno sguardo che sembrava penetrargli l'anima. Non avrebbe mai mandato in ricognizione qualcuno in cui non avesse visto almeno un'ombra di paura. La paura ti mantiene vigile.

«Va bene! Otto giorni! A mezzanotte deve tornare con una barca.» Non avrebbe voluto assegnare ancora una missione del genere, gli si leggeva negli occhi. «Niente azioni personali. Solo deve raccogliere informazioni e tornare alla base.» Annuì e Marco, per istinto, capì che qualcosa nel suo comportamento l'aveva convinto di avere incaricato la persona giusta.

Era vestito di nero. Non erano abiti militari, perché non bisognava portare nulla che lo identificasse. L'autogonfiabile era nello zaino e i remi erano tenuti insieme da una piccola cordicella. Arrivò alla fine della scaletta di corda e calò in mare il piccolo gommone, che si gonfiò immediatamente. Le luci di Kastri gli indicavano la direzione. Ci avrebbe messo poche ore per arrivare a terra, giacché il mare era calmo e lui era in perfetta forma fisica. Mentre iniziava a muoversi cercava, attraverso le stelle, di memorizzare la posizione da cui era partito, in modo da poterci ritornare. Aveva studiato la conformazione della spiaggia, ma ora si trattava di arrivarci al buio. Saggiando il fondo del mare, con un sasso legato a una corda valutò una profondità di circa sette piedi. Non voleva bagnarsi completamente e patire il freddo per il resto della notte, ma quando la costa si sarebbe avvicinata avrebbe dovuto buttarsi, affondare l'autogonfiabile e continuare a nuoto. A circa duecento iarde da terra gettò ancora la corda con il sasso. Ora la profondità era poco meno di due piedi. Era il momento. Si buttò nell'acqua che era fresca, ma non gelida. Il fondo era sabbioso, lo avvertiva sotto i piedi. Con il coltello provocò un foro sotto la linea di galleggiamento dell'imbarcazione e la spinse via, sperando che prendesse il largo prima di inabissarsi. Arrivò a terra cercando di bagnarsi il meno possibile, si nascose dietro le barche dei pescatori che si trovavano in spiaggia, si mise vicino le scarpe, che aveva protetto dall'acqua tenendole in mano e si addormentò per la stanchezza.

Alle prime luci si svegliò avendo la conferma di essere approdato a capo Tripiti, come previsto, lontano da Kastri. Studiò l'ambiente più da vicino. Ora doveva avvicinarsi, almeno fino alle prime case. L'isola aveva degli alberi e le alture che aiutavano a nascondersi, comunque lui sapeva muoversi con cautela. Aveva una borraccia piena d'acqua, una volta finita quella avrebbe dovuto arrangiarsi. La penombra dell'alba lo aiutava, ma doveva raggiungere Kastri e trovare un riparo con la giornata, che secondo la sua esperienza, prometteva di essere inclemente per il caldo. Lungo il percorso incontrò delle pecore incustodite. Pensò di sfruttarle, fingendosi il pastore e valutare la situazione. Accompagnarsi al gregge aumentava la possibilità di essere notato da tutti, ma anche di confondersi con la popolazione e potersi muovere liberamente, visto che l'isola era abbastanza esposta, in attesa di trovare un nascondiglio. Gli abitanti del posto non li avrebbe ingannati, ma era improbabile che corressero a denunciarlo. L'esperienza gli aveva insegnato che i tedeschi, di solito, non si facevano amare e spesso non memorizzavano le facce del popolo, considerandoli razze inferiori.

Si finse il pastore, per dare meno nell'occhio, non aveva idea di come condurre il gregge, ma capì subito che gli bastava spingere quelle bestie dall'apparenza selvatica per farle andare dove voleva e si meravigliò dalla facilità con cui gli riusciva, pensando che evidentemente fossero diversi gli uomini che le conducevano, oppure che fossero abituate alle persone. Non aveva nessuna competenza per avere quella convinzione, se non la certezza di non avere mai condotto un gregge, ma non seppe darsi altre spiegazioni e, in fondo, non servivano.

Arrivò a una piccola casa in muratura, che sembrava abbandonata, si allontanò dal gregge e le pecore iniziarono a pascolare nei dintorni, senza andare via. Forzò la serratura senza romperla ed entrò. All'interno c'era una sola stanza e sulla destra c'era una finestra chiusa. Guardandosi intorno non riuscì a decidere se la casa fosse realmente abbandonata, poiché dentro era curata. In quel momento aveva altre priorità ed era meglio affrontare un problema alla volta. Aveva ancora acqua, non aveva cibo e in casa non ce n'era, però fuori dalla casa aveva visto un pozzo, quindi l'acqua non sarebbe stata un problema. L'indomani avrebbe dovuto provvedere a trovare qualcosa da mangiare.

Aprì con cautela la finestra. Dal suo punto di osservazione vedeva le case di Kastri e la base, che non era deserta, ma era troppo vicina alle abitazioni. Bel problema. Doveva capire in che modo la si potesse distruggere minimizzando le perdite tra i civili e i danni al paese. Sapeva che si sarebbe dovuto avvicinare, per studiare il terreno, annotare le forze del nemico, capire dove tenevano le provviste, di quali armi disponeva, se i civili fossero impegnati nella base e quando ce n'erano di meno. Non si aspettava un gran numero di prigionieri. Un campo di concentramento doveva sicuramente essere ben servito di ferrovie e strade, ma quella, su un'isola, ultimo avamposto dell'Europa era sicuramente una base logistica. Una missione completa, in un'isola di poco conto. I tedeschi avevano costruito basi dappertutto, ma nel momento in cui avrebbero dovuto abbandonare in fretta e furia quella piccola base le caratteristiche del territorio si dovevano essere rivoltate contro di loro. L'isola, in quanto tale, era collocazione sfavorevole e questo avrebbe comportato notevoli difficoltà per chiunque fosse intervenuto in aiuto alle truppe tedesche, sia per la presenza del mare, ma soprattutto poiché i nemici erano troppo vicini.

Era proprio quello il motivo che aveva mantenuto in attività la base. Marco sapeva che avrebbe dovuto accompagnare le truppe di terra e lui, in fin dei conti, la guerra l'aveva vista soprattutto dal mare. Non gli piacque la situazione.

# Capitolo 2 Anna

Anna aveva poco più di vent'anni, ma siccome era bella, cercava di evitare la base ed era diventata abile a nascondersi e apparire dimessa agli occhi dei tedeschi, abituati alla moda europea. Il costume tipico dell'isola, una giacca corta, con una lunga gonna e il fatto che non fosse tedesca la aiutavano allo scopo, rendendola poco sensuale per i canoni estetici dei nemici. Era una questione di vitale importanza che ci riuscisse, abitando su una piccola isola piena di soldati, che ancora si sentivano i padroni del mondo, anzi sapevano di stare perdendo il mondo e per questo erano più pericolosi. Alla fine, non la guardavano più e lei non vedeva, ma osservava, non sentiva, ma ascoltava e non parlava mai troppo.

Viveva con i genitori ed era concreta e attenta, quindi aveva subito notato che le pecore si trovavano alla vecchia casa e pensò che il gregge non fosse mai andato da solo là, ma subito si ricordò che quello non fosse il momento di dedicarsi alle pecore, perché aveva altre cose da fare, comunque era un particolare che avrebbe tenuto d'occhio. Era strano che le pecore arrivassero là da sole, poiché l'erba era poca e per un lungo tratto non ce n'era, quindi qualcuno le aveva portate, ma perché? Inoltre, altro particolare che a un pastore non sfugge, le pecore andavano munte e Kastro, che se ne occupava, non era con loro. Doveva essere stato Pietro "il matto" a portarle là, solo lui faceva queste cose.

Finì di mettere a posto la casa, poi pensò che se Pietro "il matto" si era nascosto alla vecchia casa poteva essere successo qualcosa, o probabilmente, non significava niente e voleva solo nascondersi. Spesso, quando succedeva, l'uomo stava subendo qualcuna delle sue crisi e lei lo tirava fuori calmandolo con una pagnotta e dell'acqua, comunque se Pietro fosse stato in crisi, sarebbe dovuto passare del tempo prima che ne uscisse. Mentre pensava a tutto questo stava già attraversando il gregge tranquillizzando le bestie. Sedette su una pietra, a distanza dalla casa, ma in bella vista, si piazzò con il suo secchio e si mise a mungere giusto qualche animale che mostrasse sofferenza per le mammelle troppo gonfie. Marco osservava quella ragazza mora, dai lunghi capelli neri che si avvicinava e decise che non sembrava un pericolo, ma l'avrebbe tenuta d'occhio, anche solo per il piacere di guardarla.

«Pietro, sono Anna.» disse senza distogliere lo sguardo dall'animale che stava mungendo. Con la coda dell'occhio guardò la porta, che non si aprì. Lo interpretò come un segno che l'uomo non volesse uscire, ma aveva diversi modi per convincerlo. Sapeva che se avesse voluto farla entrare, avrebbe aperto la porta, ma era conveniente non esporsi, poiché era un omone grande, con la faccia tonda, una forza sovrumana e un cervello da bambino. Con lei aveva sempre avuto un rapporto speciale, poiché era l'unica, a parte i suoi genitori, che riuscisse a parlarci sempre e anche a calmarlo, quando serviva. Entrare direttamente o imporgli di uscire non sarebbe servito, quindi prese una pagnotta. «Ho portato il pane. Lo vuoi il pane?» Strappò un pezzo e lo morse, avendo buona cura che "scrocchiasse" il più possibile. «È quello di mia madre. Ti piace il pane di mia madre! Non posso stare qua tutto il giorno. Perché non esci e mi dici cosa ti è successo? Non vuoi mangiare con me oggi?» Attese qualche minuto in silenzio, ma la porta non si aprì, quindi preferì non entrare. «Va bene. Lascio qua il pane. Torno dopo.»

Fece finta di allontanarsi, nascondendosi in un punto dal quale poteva osservare la casa senza essere vista, per cercare di capire quanto l'omone fosse agitato, se usciva per mangiare o se fosse il caso di mandare qualcuno, ma non uscì nessuno.

Marco si rese conto subito di dove fosse la donna, ma dissimulò. Anna si mosse per arrivare alla finestra della casa. Quando lui si rese conto di cosa stesse facendo la donna e che non potesse vedere la porta, coprì i venti passi che lo separavano dalla pagnotta, poi arretrò con circospezione.

Anna, contrariamente a quanto avesse pensato lui, tornò a spiare la porta e lo guardò più volte per capire chi fosse, ma visto che era un estraneo, sentì un brivido di paura per il rischio corso. Poteva essere aggredita o chissà che altro, ma non era successo niente, per fortuna. Ora, però si poneva un altro problema: Quello chi era? Soprattutto bisognava evitare disordini con i tedeschi giacché se fosse stato un soldato che si era imboscato per il caldo durante la ronda sarebbe restato in silenzio, ma non aveva l'uniforme e non sembrava un tedesco, quindi tornò a casa decisa a parlare con il padre, che era il capofamiglia, ma era anche considerato una specie di autorità dal villaggio e spesso decideva cosa fare.

«Papà... C'è un uomo nella vecchia casa.»

Giovanni si fece attento, ma continuò a trasportare i suoi tini colmi del latte appena munto.

«Sei sicura?»

«L'ho visto.»

«È un tedesco?»

«Non credo.»

«Non credi, o ne sei sicura?»

«Non è tedesco!»

«Se quelli se ne accorgono... Sono troppo nervosi...» disse l'uomo preoccupato, assumendo un'espressione grave mentre pensava sul da farsi. «Stai lontana dalla casa. Andiamo con Giorgio e Pietro a dare un'occhiata.»

«Stai attento.»

L'uomo percorse a passi svelti la poca strada che lo separava dall'abitazione dell'amico. Sapeva che a quell'ora lo avrebbe trovato a casa, come tutti i pastori aveva appena finito di mungere le pecore.

«Posso entrare?» disse dopo aver bussato. Giorgio lo fece passare senza dire nulla. La casa odorava di latte appena munto, ma anche di formaggio in preparazione. «C'è qualcuno nella vecchia casa.»

L'altro, che non era di tante parole, annuì con un lieve grugnito grave, segno che capiva la portata di quell'affermazione.

«Vengo con te!» esordì alla fine. Si conoscevano da bambini e non avevano bisogno di lunghi discorsi per capirsi.

«Anche Pietro, due braccia forti potrebbero servire.»

«Pietro!»

«Sì papà?»

«Dobbiamo andare alla vecchia casa.»

«Sì, papà!»

«C'è uno straniero dentro!»

L'uomo sapeva di dovergli dire le cose una per volta e, nonostante lo sguardo vagamente assente, quando rispondeva significava che aveva ascoltato.

«Sì, papà!»

«Non ti spaventerai, vero?»

«No, papà!»

«Non dobbiamo fare rumore, ma se succede qualcosa, colpisci.»

«Sì, papà!»

«Hai capito bene?»

«Sì, papà!»

«Questa cosa non si dice a nessuno.»

«Sì, papà!»


Arrivarono alla vecchia casa tentando di sottrarsi alla vista mettendosi dove si era nascosta Anna.

«Io mi avvicino. Ti faccio un cenno per dirti se riesco a capire quanti sono. Se mi vedi entrare devo uscire in cinque minuti, altrimenti cerca aiuto.» disse Giovanni, il padre di Anna. Giorgio fece un cenno di assenso con la testa. Giovanni si avvicinò alla casa e guardò dentro, ma non vide nessuno, lo segnalò agli altri, quindi decise di entrare. Marco gli tappò la bocca appena fu fuori della visuale della porta.

«Non gridare. Ho visto i tuoi amici e posso sopraffarli. Li posso uccidere nello spiazzo prima che arrivino alla casa. È chiaro?» Giovanni fece un cenno con la testa. «Non sono tedesco. Sono di Creta. È chiaro?» Giovanni ripetette il cenno con la testa. «Non si deve fare male nessuno. Ora ti lascio la bocca. Fai entrare i tuoi amici e parliamo.»

Poi tutto diventò buio.

«L'ho ucciso?» chiese Pietro muovendosi nervosamente. Il padre lo guardò ostentando calma, poiché sapeva che era sull'orlo di una crisi di nervi. Pietro aveva il concetto della morte, o del fare del male a qualcuno, ma spesso non riusciva a comprendere subito quel rapporto di causa ed effetto per cui, con la sua corporatura, doveva porre maggiori attenzioni. Come al solito, quando faceva male a qualcuno, la comprensione della sua indelicatezza arrivava sempre un attimo dopo, ma arrivava, quindi Giorgio studiò le parole per non mandare in crisi il figlio che non sapeva distinguere un nemico, contro il quale era giusto usare la forza, da una persona qualsiasi, che non doveva aggredire. Aveva solo visto Giovanni in pericolo ed era intervenuto.

«No. È solo svenuto, ma non è una persona buona. Sei stato bravo.»

L'omone sorrise sollevato e iniziò a calmarsi, mentre Giovanni si affrettò a legare le mani e i piedi del prigioniero, come faceva con le pecore per impedirgli di farsi male quando erano ferite. Non era un'immobilizzazione comoda per un essere umano, ma era efficace. Poi frugò nelle tasche dell'uomo, ma non trovò nulla di rilevante.

«Che ne facciamo ora?» chiese Giorgio.

«Fammi pensare.» disse Giovanni guardando il corpo esanime come se gli potesse suggerire un'idea. «Lo teniamo qua.»

«E se è un amico dei tedeschi?»

«Se fosse amico dei tedeschi, sarebbe andato alla base. Lui si nascondeva.»

«Se i tedeschi lo trovano?»

«Anche se lo consegniamo, potrebbero pensare che lo abbiamo protetto o chissà che cosa. Pietro prendi un secchio d'acqua. Lo svegliamo!» disse Giovanni. L'acqua gelata lo svegliò subito, ma non si mosse e non aprì gli occhi perché voleva sentire i tre uomini e cercare di capire chi fossero. «Prendi altra acqua.» disse Giovanni. Un'altra secchiata lo investì e Giorgio lo toccò con un piede. «Sveglia!» lo incitò

Giovanni. Aprì gli occhi mentre Pietro lo metteva a sedere per terra nell'unica posizione che gli permetteva la maniera in cui l'avevano legato. Aveva già valutato la situazione: I tre uomini non erano soldati, erano paesani, si vedeva subito sia dagli abiti, sia dal fatto che l'avevano legato come si usa fare con le bestie, ma l'immobilizzazione era serrata ed era solida. «Chi sei?» chiese Giovanni.

«Marco Kastriokis. Vengo da Creta.»

«Come sei arrivato?»

«La mia barca è affondata vicino a Sarakiniko.»

Lo sguardo dell'uomo si fece indagatore.

«Quando?»

«Ieri!»

«Non c'era mare ieri. Come sei affondato?»

Marco scelse di mantenere un profilo basso e una maniera di parlare che lo facesse apparire un pescatore, di bassa cultura.

«Con la guerra non ci sono neanche pezzi di ricambio e la mia barca aveva bisogno di manutenzione, ma se non andavo per mare, non mangiavo più.»

«Come sei affondato?»

«Ha ceduto. Se cercaste la mia barca, potrebbe essere sulla spiaggia.»

«Giochiamo a carte scoperte. Barche non ne abbiamo trovate, ma abbiamo trovato un gommone affondato e lo abbiamo nascosto. Un pescatore non va su un gommone. Chi sei?»

Marco restò in silenzio per valutare la situazione. La copertura era saltata.

«Perché avreste nascosto un gommone?»

«Perché se lo trovano i tedeschi, prima mettono a ferro e fuoco il villaggio, poi chiedono se ne sappiamo qualcosa.» disse Giorgio.

«Mandiamolo via. Altrimenti i tedeschi diventano cattivi.» disse Pietro.

«Nessuno diventerà cattivo. Se non dice chi è lo consegniamo.» concluse Giovanni.

«Lo sai che se lo consegniamo i tedeschi perquisiranno tutta l'isola comunque.» disse Giorgio.

«Mi chiamo Marco Kastriokis, della HMS Ajax, della marina militare britannica.»

Le parole rimasero un attimo nell'aria e ci fu silenzio mentre Giovanni si faceva serio. Marco sapeva di giocarsi tutto, ma tante cose nell'atteggiamento degli uomini gli avevano fatto capire che non fossero troppo amici dei tedeschi.

«E la nave dov'è?» chiese Giovanni, pensando di riuscire a indagare per sapere la verità. Marco si tranquillizzò. Potevano avere due reazioni costruttive: o parlare tra loro per decidere, o parlare con lui. La terza reazione era che non parlassero affatto e lo consegnassero direttamente. Quell'interrogatorio significava che gli concedevano dei margini di trattativa. Nulla era ancora deciso e oltretutto erano interessati a quello che diceva, quindi era importante ciò che stava per dire e scelse attentamente le parole.

«Sono stato lasciato sull'isola per perlustrare la base, ma la questione è un'altra: Io non sono amico dei tedeschi e voi?»

«Noi siamo amici dei tedeschi. Siamo amici di tutti quelli con le armi. Magari ti consegniamo e basta.» disse Giorgio guardandolo in maniera cattiva.

«Voi mi consegnate. Io sarò fucilato e magari anche voi, giusto per sicurezza, o per farvi stare zitti.»

«Oppure non ti consegniamo, tu sei uno di loro e parli, o quelli se ne accorgono e siamo fucilati come traditori, giusto per sicurezza.» terminò Giovanni.

«Hai ragione. Il rischio c'è. Il punto è: Sembro tedesco?»

Sapeva che la risposta che l'uomo si sarebbe data a quella domanda avrebbe condizionato tutto il discorso.

«Che cosa fai sull'isola?» disse Giovanni per sviare la domanda. Effettivamente non gli sembrava tedesco.

«Come ho detto: Abbiamo visto la base, ma è ancora operativa e Kastri è troppo vicina per attaccarla in sicurezza. Devo studiarla e riferire ai miei per poterla eliminare.»

«Lo sapevo che alla fine sarebbe successo. Che facciamo?» Giorgio imprecò.

«Lo facciamo sparire noi. Senza che ne sappia niente nessuno. Niente rischi.» disse Giovanni.

«C'è anche un altro rischio: Io non faccio rapporto, la nave torna e comincia a sparare sulla base senza informazioni. Kastri è colpita o no? Quanti vostri amici e parenti muoiono?» disse Marco fissandolo negli occhi.

«E se ti ammazziamo noi? In fin dei conti non potrai parlare: sia se sei un inglese, o un tedesco. Chi ti ha visto con noi? Ti ammazziamo e ti facciamo sparire.» disse Giorgio.

«In questo caso non risolveresti la questione della nave, se arrivasse. Te la senti di rischiare la vita dei tuoi? Tenetemi qui un giorno. Sorvegliate la base. Se mi verranno a cercare sono un tedesco, ma se non hanno idea che io sia qui…»

Giovanni stava in silenzio per pensare. «Non ho capito perché, se ti teniamo in vita, la base non viene bombardata.»

«Non ho detto questo. La nave bombarderà, ma se gli fornisco le informazioni l'attacco sarà più preciso.» Trascorsero lunghi minuti di silenzio. «Ho sete!» disse Marco per stemperare la situazione.

«Pietro, dagli dell'acqua per favore.» disse Giovanni. L'omone eseguì e Marco bevve, poi guardò Giovanni.

«Decidi bene vecchio.»

«Che facciamo allora?» chiese Giorgio.

«Ho bisogno di riflettere. Facciamo come dice lui. Pietro resterà di guardia e noi pascoleremo le pecore vicino alla base. Stasera torniamo.»

«Pietro, devi restare qua.» disse Giorgio.

«Sì, papà!»

«Se fa qualcosa di strano, stendilo.»

«Sì, papà!»

«Non lo devi slegare per nessuna ragione. Hai capito?»

«Sì, papà!»

«Per nessuna ragione! Non è un nostro amico!» rimarcò ancora l'uomo.

«Sì, papà!»

«Ce la puoi fare?»

«Sì, papà!» Giorgio guardò ancora Marco, come se volesse carpirne eventuali intenzioni nascoste, poi i due uomini uscirono e Pietro si avvicinò alla finestra per guardarli andare via mentre Marco, che cominciava a sentire dolore per i legacci, si stiracchiò. «Fermo!»

Il dolore si allentò. «Quindi, ti chiami Pietro.» L'uomo non rispose, ma Marco aveva deciso che era comunque il caso di tentare un contatto con lui, per cominciare a raccogliere informazioni. «Andiamo… Non avrai paura? Mi avete legato. Almeno il nome me lo puoi dire.» L'uomo non rispose. «Devo dire che i nodi li sapete fare. Mi hai legato tu?»

«Giovanni.»

«Me lo dovevo immaginare.»

Qualcuno bussò alla porta e Pietro andò a controllare facendo uno sguardo sorpreso e spaventato mentre Anna entrava.

«Che ci fai qui?»

La ragazza si avvicinò al prigioniero senza rispondere. «Chi sei?»

«Un pescatore.»

«Bugia! È Marco Kastriokis, della HMS Ajax, della marina militare britannica.» disse Pietro ripetendo la cantilena che aveva memorizzato.

«Che cosa ci fai qua?»

«Stavamo di pattuglia e abbiamo notato la base tedesca.»

«E perché non vi siete allontanati e basta?»

«Non possiamo lasciare una base in attività.»

«Allora, perché non l'avete distrutta?»

«Lo avremmo fatto, se Kastri non fosse stata troppo vicina alla base. Abbiamo bisogno d'informazioni.»

Marco cercò una maniera gentile per non dire che presto sarebbe arrivata l'aviazione, probabilmente inglese, e avrebbe raso al suolo tutto. Non sapeva perché avesse voluto usare questo riguardo a quella ragazza, che era oltremodo ostile.

«Allora, Marco Kastriokis, della HMS Ajax, della marina militare britannica, Tu che ci fai qua?»

«Hanno mandato me perché parlo greco.»

«Allora diciamo che le cose stanno così: o sei chi dici di essere, o sei tedesco, o non puoi andare alla base per qualche motivo. Magari sei un disertore e stavi scappando.» La ragazza lo guardò dubbiosa.

«Non ti posso aiutare a decidere. Sembro tedesco? Decidi tu.»

«Allora, facciamo che sei un marinaio inglese.»

«Devi andare via. Tuo padre si arrabbierà.» disse Pietro alla ragazza.

«Se non glielo dirai, non si arrabbierà. E tu non glielo dici, vero Pietro?» L'uomo tentò di eludere il suo sguardo. «Vero Pietro?»

«Lo sai che non glielo dico.»

«Bravo.» La ragazza, ora che poteva tornare a concentrarsi sull'uomo, lo studiò a lungo. Decise che non era bello, ma aveva un suo fascino, poi si distolse da quei pensieri. In fin dei conti era entrata per curiosità, quindi, tanto valeva, cercare di togliersi la curiosità. «Secondo me sei un disertore.»

«Non può essere.»

«Perché?»

«Se fossi un disertore, avreste già visto qualcuno in giro a cercarmi.»

«Può essere presto. Magari non si sono ancora accorti che sei scappato.»

«La stessa cosa hanno detto i due uomini che c'erano prima.»

«E poi?»

«E poi hanno deciso di verificare.»

«In che senso?»

«Sorveglieranno la base per vedere movimenti.»

Lei scattò in piedi e uscì senza dire altro, ma era visibilmente allarmata. «Ho detto qualcosa?»

«Bo?» rispose Pietro. Anna era preoccupata perché negli ultimi tempi aveva notato movimenti nella base. I tedeschi sembravano nervosi. L'ultima cosa che serviva era che qualcuno si facesse fucilare solo per essere passato nel posto e al momento sbagliato, ma non aveva detto nulla al padre delle sue preoccupazioni, perché lui avrebbe cominciato a fare domande tipo: «Ma dove vai?», «Come lo sai?» In quel momento, se ne pentì. Corse come una forsennata e si tranquillizzò solo vedendo che il gregge pascolava vicino alla base, ma era a distanza di sicurezza. Dove c'erano le pecore, c'era suo padre. In fin dei conti non era uno sprovveduto pensò mentre smetteva di correre, iniziava a camminare e, allo stesso tempo, iniziava a calmarsi. Si tranquillizzò definitivamente quando vide Giovanni e Giorgio che sembravano impegnati nelle loro solite attività.

«Benedetta ragazza. Non ti voglio vicino alla base.» disse il padre tirandola in disparte.

«Neanche voi dovreste stare qua. È pericoloso!» tentò di imporsi lei.

«Benedetta ragazza. Te ne vuoi andare? Oggi dobbiamo stare qua. L'erba che ci serve sta qua!»

Lei non rivelò che conosceva il motivo per cui si trovavano là, altrimenti il padre si sarebbe seriamente arrabbiato. «Me ne vado, ma se non rientrate subito, lo dico alla mamma che vi siete messi qua. Lo sai che non le piace.»

Giovanni evitava quanto più possibile di far preoccupare la moglie, per questo Anna aveva detto quelle parole. «Torniamo appena possibile. Ora vai via, che se ti nota qualcuno di quei tedeschi, si potrebbe inventare di fare la ronda solo per infastidirti.»

Siccome era già successo Anna sapeva che poteva essere vero.

«A pranzo a casa! Entrambi!» intimò prima di allontanarsi.

# Capitolo 3 Hans Kepfel

Il capitano Hans Kepfel era preoccupato e guardava fuori della finestra, ma non osservava. I pensieri erano rivolti altrove, poiché aveva un grande problema. Grande come i 100 uomini al suo comando. Quando la base era stata costruita il Reich era in piena espansione. Un radioso futuro li aspettava. Ora, invece, accarezzava con le braccia conserte i fregi nazisti della sua divisa e ne sentiva tutto il peso. Era stata una vittoria disastrosa quella del maggio del 1941, sull'ultimo obiettivo della Campagna dei Balcani, ma erano riusciti a portare mezzi e materiali, anzi li avevano comunque portati in pompa magna, perché erano i conquistatori del mondo e avevano cacciato le guarnigioni britanniche e neozelandesi, ma ora avevano il nemico alle porte.

Il radio ecometro era stato inventato da Ugo Tiberio, nel 1936 e previsto da Marconi, ma i vertici della marina italiana non avevano immaginato la grossa mano che avrebbe dato alle forze inglesi, che lo perfezionarono chiamandolo definitivamente radar e loro, che non lo avevano, potevano solo usare le vedette e gli aerei.

*Evacuare, heil Hitler.* Fu l'ultimo ordine quando aveva "parlato" Enigma, la loro potentissima macchina per la cifratura. Solo: *Evacuare, heil Hitler.* Non avevano avuto neanche la precauzione di trasmettere un messaggio più lungo, che potesse essere decifrato con più difficoltà.

*Definite appuntamento per l'evacuazione.* Aveva chiesto in una successiva comunicazione, non ricevendo risposta, quindi aveva cominciato a fare stipare tutto quello che potesse essere trasportato e a distruggere tutti i documenti, ma ora doveva risolvere un problema enorme. Se non arrivava una nave, o un u-bot, un sommergibile, come potevano 100 uomini raggiungere Creta e la Grecia? Una volta arrivati al continente potevano marciare e, con un poco di fortuna, trovare un'altra divisione e accorparsi. Il grosso problema era il mare.

Qualcuno bussò alla porta. Il vicecomandante Shulz era un uomo pratico. Aveva degli ordini, li doveva eseguire e non amava essere interrotto per inutili richieste di informazioni, ma aveva bisogno di chiarimenti.

«Shulz... Come stiamo procedendo?»

«Come da ordini. Stiamo stipando tutto negli hangar. In pacchi trasportabili dalle truppe.»

«Bene.»

«Mi perdoni comandante.»

«Mi dica!»

«Lasciamo ancora i mezzi scarichi?»

«Pronti a essere caricati non appena arriveranno ordini.»

In effetti Kepfel non sapeva se gli avrebbero ordinato di caricare uomini, armi, o che altro. Una cosa era chiara: I mezzi a disposizione sarebbero stati comunque insufficienti.

«Mi conferma che nessuno deve capire che ci stiamo spostando?»

«La segretezza è di vitale importanza. Ne risponde lei personalmente.»

«Sta bene. Se permette, tornerei al lavoro.»

«Anche i tempi sono di vitale importanza.»

Shulz annuì. Sapeva che si trattava di un velato avvertimento perché i tempi erano stretti. Troppo stretti. Uscì lasciando Kepfel ai suoi pensieri.

# Capitolo 4 Giorgio

Giovanni tornò a casa dopo che, con Giorgio, avevano atteso quanto più possibile sorvegliando la base, ma il giorno volgeva al termine e continuare poteva sembrare sospetto. Non avevano comunque notato nulla e Giorgio era andato alla vecchia casa per dare il cambio al figlio. Mentre entrò l'ultima cosa che vide fu Pietro legato, poi una mano gli afferrò la bocca e sentì quella che sembrava una fredda lama di metallo contro la gola.

«Riprendiamo dall'inizio. Io sono Marco Kastriokis, della HMS Ajax. D'accordo?» Giorgio fece un cenno di assenso con la testa. «Non si deve fare male nessuno. Ora ti lascio la bocca. Non urli e parliamo.» Giorgio fece un altro cenno con la testa e Marco gli mostrò che aveva in mano solo un pezzo di ferro, non un coltello. «Niente armi. Come dicevo non si deve fare male nessuno.»

«Che cosa è la HMS Ajax?»

«È la nave dove sono imbarcato.» disse Marco ricordandosi che c'era ancora qualcuno che non doveva piegarsi alla logica della guerra e non sapeva cosa fosse la HMS Ajax.

«Che cosa vuoi?» gli chiese l'uomo massaggiandosi la gola più per lo scampato pericolo, che per un effettivo fastidio.

«Mi servono solo informazioni.»

«Per cosa?»

«Le domande preferisco farle io.»

«Chi ti dice che non correrò dai tedeschi?»

«Penso che l'avresti già fatto e io dovrei essere morto, ma qualche tedesco me lo saresti portato. Inoltre, non ho scelta: o mi fido di voi, o non riuscirò a terminare la missione.»

Giorgio pensò che il ragionamento avesse una certa logica mentre Marco liberava Pietro, che cominciava ad agitarsi troppo.

«Cosa ti serve?»

Marco aspettava quella domanda o una qualsiasi affermazione che facesse capire che l'uomo fosse ben disposto. «Chi di voi entra spesso nella base?»

«Marcos, il tuttofare del villaggio e Marios, il fornaio, che va a fare il pane ogni giorno.»

Marco sapeva che qualcuno che traesse troppo vantaggio dalla presenza dei tedeschi non faceva al caso suo, quindi il fornaio della base e il tuttofare non erano sicuramente la prima scelta per ottenere informazioni. In quel caso doveva ottenere informazioni indirette.

«Tu ci sei entrato?»

«Qualche volta ci hanno reclutato come forza lavoro.»

Marco pensò che l'uomo potesse comunque comunicargli qualche informazione. «Da quanto non entri?»

«Qualche mese.»

«Che lavori hai fatto?»

«Scavi, muri e lavori di fatica.»

«Dimmi di più.»

L'uomo tirò su le spalle.

«La base l'hanno ordinata loro, ma l'abbiamo tirata su noi dell'isola.»

«Come vi hanno trattati?»

«Diciamo che non sono stati gentili.»

«Capisco. Hai potuto guardarti intorno?»

«Non molto.»

«Qualcun altro ha la possibilità di muoversi nella base?»

«Forse Maddalena.»

«E sarebbe?»

«Diciamo che è una donna gentile con loro. Non so se mi spiego.»

Marco sapeva che, di solito, le donne di vita non amano coloro che le sfruttano, ma a letto sono svelati i migliori segreti. «Ho capito. Ci posso parlare?»

Marco aveva fatto quella domanda non per cercare un effettivo permesso, ma per valutare il comportamento dell'altro, se fosse effettivamente collaborativo.

Giorgio ci pensò un attimo. «Non so se è una buona idea.»

«Lascia giudicare a me! Credimi tutte le informazioni sono necessarie.»

«Che intendi fare con noi?»

«In che senso?»

«Pietro e io possiamo andarcene?»

Marco valutò per un attimo le implicazioni di ciò che avrebbe risposto. «Non siete prigionieri.»

«Mi posso fidare di te?» chiese Giorgio prima di aprire la porta, ma la domanda era una di quelle a cui era inutile rispondere e Marco non lo fece. Si limitò a guardarli uscire mentre una marea di pensieri affollava sia la sua mente, sia quella di Giorgio.

«Ho già perso l'intera giornata di oggi. Non voglio perdere altro tempo.»

«Non so se mi piaci tu. Non ho ancora deciso. I tedeschi comunque non mi piacciono. Diciamo che non voglio vedere movimenti sbagliati, ma domani mattina tornerò, io o Giovanni.»

«Per me va bene.»

Fuori cadeva la notte. Marco aveva seguito l'uomo dalla finestra e lo aveva visto appostarsi mentre Pietro tornava a Kastri. Andava bene. Pensò che non fosse uno sprovveduto. Giorgio, che non vide Marco uscire, pensò che probabilmente sarebbe restato dentro. Si appoggiò a un albero come quando sorvegliava le pecore e si mise ad attendere. La notte era bella e non era fredda.

# Capitolo 5 Giovanni

Giovanni arrivò presto alla casa, il mattino dopo. «Potevi dirmelo che avevi intenzione di restare qua.»

«L'ho deciso all'ultimo.»

«Che cosa è successo?»

«Niente... Forse dorme.»

«Tu che cosa ne pensi?»

Giorgio si fece grave. «Ieri si è liberato e avrebbe potuto uccidermi, ma non l'ha fatto.»

«Pensi che abbia detto la verità?»

Giorgio ci pensò su. «Io penso di sì, quindi che facciamo?»

«Sono tempi difficili. In ogni caso dobbiamo aspettarci problemi.»

«Chissà quando torneremo solo a pascolare le pecore e basta. Forse dovremmo avvisare gli altri.»

«Non penso che dovremmo avvisare nessuno.»

Giorgio attese un attimo. «Perché?»

«Troppe bocche larghe. Se qualcuno parla, sono guai.»

«Anche se ci vedono venire qua si insospettiranno, le bocche larghe.»

«Credo che mio nipote Marco sia arrivato da Creta.»

«Che cosa intendi?»

«Organizziamo una messa in scena. Troviamo una vecchia barca dimenticata, ma che galleggi. La buttiamo sulla costa stanotte e domani lui sarà mio nipote Marco che viene da Creta.»

«Non perdiamo tempo. La vecchia barca di mio padre si trova nel capanno. È quasi sulla spiaggia. Lo faremo più tardi.» concluse Giorgio.

Giovanni vide Anna, che si avvicinava alla porta della vecchia casa. «Benedetta ragazza! Un giorno si caccerà nei guai.»

Dopo essersi fatta aprire entrò. «Buongiorno.»

Marco fu sorpreso della visita. «Buongiorno. Perché sei venuta?»

«Anche i disertori devono mangiare. Ho portato pane, olive e acqua.» disse lei appoggiandoli sul tavolo.

«Grazie.»

In quel momento entrarono Giovanni e Giorgio.

«Ti avevo pregato di stare lontana!» Giovanni era arrabbiato, ma non urlava, mentre Anna aveva abbassato lo sguardo e non parlava.

«Abbiamo deciso cosa fare con te. Metteremo una barca in secca più tardi. Tu sarai il nipote di Giovanni, che viene da

Creta, così potrai muoverti nel villaggio, ma se sei un disertore e ti vede qualche tedesco la copertura non reggerà.» disse Giorgio rivolgendosi a Marco il quale fu contento della decisione.

«Non sono un disertore.» disse, cercando di essere istintivamente convincente.

«Allora preparati, che ci muoviamo. Tornerai a Kastri con noi e ti presenteremo al villaggio.» terminò Giovanni.

«Va bene.»

«Tu torna a casa e avvisa tua madre. Spiegale tutto, così sarà pronta.» disse alla figlia con tono autoritario.

«Voi dove andate?»

«Vai a casa! Fai come ti ho detto. Pietro tu vai con lei.»

# Capitolo 6 Maria

Una donna corpulenta, la madre di Anna li accolse ad alta voce, facendosi sentire il più possibile, fuori dalla sua casa, quando rientrarono in paese. «Marco! Ragazzo mio. Bello della zia. Come stai?»

«Bene zia Maria.»

«E la mamma? Raccontami.»

«Sta bene, zia.»

«Entra! Entra! Bello della zia.» La porta si chiuse e, poiché avevano fatto quella scena a esclusivo uso e consumo del vicinato, quando furono entrati il tono fu alquanto diverso. «Ora mi spiegate e subito! Cosa vi dice la testa? Questo chi è?», disse la donna con un tono dimesso al solo scopo di non farsi sentire, ma che contrastava con quello che esprimeva il suo sguardo.

«Sono Marco Kastriokis, della HMS Ajax, della marina militare britannica.»

«E che ci fai qua, Marco Kastriokis, della HMS Ajax, della marina militare britannica?»

Anna guardava quel ragazzo pensando che avesse un modo di parlare vagamente autoritario, che lo rendeva affascinante.

«Devo raccogliere informazioni.»

«Allora raccogli le tue informazioni! Cosa ce ne importa a noi?»

«Ormai siamo a conoscenza della base e non possiamo lasciarla là. Il problema è Kastri. Sono sbarcato per sapere tutto della base. Non vorrete che la nave torni a bombardare quando dentro ci sono i vostri figli e parenti?»

«E bravo! Quelli invadono l'isola, ci fanno sopra quel mostro, con il sangue e sudore degli isolani e voi non sapete fare di meglio che portare gli aerei e bombardare l'isola per toglierlo.»

Quella era la logica stringente e pratica delle donne. Marco non provò neanche a rispondere, perché capì che, dal suo punto di vista, era quella la banale, cruda verità e non seppe darle torto.

# Capitolo 7 Maddalena

Hans Kepfel stava cenando, o meglio, torturava inutilmente il cibo nel suo piatto, cercando di mangiare.

Maddalena aveva già terminato e stava guardando fuori dalla finestra. La luce del campo illuminava il suo volto. Era bella anche senza trucco, di prima mattina e, a maggior ragione, lo era tirata a lucido la sera, quando il trucco, che aveva imparato a dosare con mano sapiente, ne esaltava la naturale bellezza. «C'è movimento fuori.» L'uomo non rispose e fece finta di non sentire. Sapeva che a quell'ora il movimento non era una cosa che lei avesse mai osservato, quindi attese che la donna scoprisse l'argomento di cui voleva veramente parlare. «Ve ne state andando?» chiese ancora lei.

Lui era un uomo dall'aspetto energico, virile, come richiedeva il Reich. Una leggera brizzolatura sul biondo dei capelli tradiva l'avanzare dell'età e la mancanza di una moglie di pura razza ariana cominciava a pesare sulla sua carriera. Se si fosse diffusa voce della relazione con quella donna, in periodo normale, sarebbe stato richiamato all'ordine, visto che lei non era ariana e, se fosse stata ebrea sarebbero stati presi provvedimenti più seri, ma la guerra aveva complicato le carte in tavola e aveva reso possibile il perdurare di quella storia, non troppo clandestina.

«Perché dovremmo?»

«Radio Londra dice che vi state ritirando.»

L'uomo la trafisse con lo sguardo. «Tu ascolti radio Londra?»

«Io no. Ho sentito i paesani parlare.»

«Chi ascolta radio Londra?» la apostrofò arrabbiato.

«Io non lo so! Non lo vengono certo a dire a me! Io sono la puttana dei tedeschi!»

«Propaganda!» dissimulò un gesto di rabbia mentre lei si avvicinò alla finestra incurante di vestire solo una sottoveste trasparente e si accese una sigaretta tedesca tirando una boccata lunga e soddisfatta.

«Eppure c'è più movimento del solito.» concluse mentre l'uomo si avvicinò e l'afferrò con forza da dietro.

«Io sono l'unico che afferma la verità. È propaganda. Stai attenta a ripeterla. Si muore per dire certe cose.»

La donna colse la minaccia, ma aveva un suo preciso argomento da affrontare. «Lo so che tu sei il capo e io… Sono la donna del capo.»

«Allora stai al tuo posto.»

«È quello che voglio. Il mio posto. Fammi restare qua stanotte.»

Lo accarezzò, ma lui si tolse la mano di dosso. Non avrebbe voluto, ma quella donna gli era entrata dentro, tanto che si sorprendeva spesso a chiedersi cosa sarebbe potuto succedere tra loro, senza la guerra, se lui fosse stato un semplice avvocato tedesco, come si era sempre immaginato, e si fossero incontrati in un altro contesto. Alla fine, si era imposto un limite invalicabile. Lei poteva stare nel suo letto, ma non nella sua giornata.

«Ho da fare domani e con te dormirei poco.»

«L'idea era anche quella.» sorrise lei ammiccante.

«Vestiti… Chiamo l'autista. È buio.»

Anche Maddalena voleva conservare un limite invalicabile. In fondo i due si somigliavano. Poteva stare nel suo letto, con tutti i vantaggi che ne provenivano, ma quando usciva da là doveva, in qualche modo, tornare a essere Maddalena la contadina. In qualche misura doveva recuperare la sua vecchia vita.

«L'auto no, grazie. Torno a piedi.» disse vestendosi, poi si fermò sulla porta. «Tu mi lasceresti qua?» L'uomo non rispose. «Se tu mi lasciassi qua, lo sai che sono considerata la puttana dei tedeschi. Sai cosa mi farebbero. Lo vedo come mi guardano i miei compaesani. C'è stato solo un uomo per me e sei tu! Sappilo!»

Prima che lui potesse ribattere qualcosa lei si coprì con il suo cappotto tedesco gettandosi fuori nella notte. Non era un cappotto militare. Era la migliore espressione della moda femminile di Berlino, di qualche anno prima. Un regalo che lui aveva voluto farle.

L'indomani Marco si alzò presto e raggiunse il paese, per fare quella che sembrava una semplice passeggiata, ma la verità era che stava studiando Kastri e cercava di appuntarsi a mente tutte le cose che potevano servire. Vie di fuga, strade, tipo di terreno e oggetti che avrebbe dovuto ricordare.

Maddalena era appoggiata al muro, fumava e si notava dagli occhi che stava piangendo.

«E tu chi sei?» gli chiese dissimulando la malinconia.

«Marco Kastriokis.» Si ricordò della copertura. «Il nipote di Giovanni e Maria.»

«E che ci fai qui?»

«Sono naufragato.»

«Ti hanno affondato?»

«No. La mia barca non era degna di queste attenzioni. Diciamo che è stata vittima della mancanza di manutenzione.»

«Un bel rischio andare per mare in quelle condizioni.»

«Niente di eroico: o andavo a pescare, o morivo di fame a Creta. Mi permetti un tiro?»

«Prego.» disse la donna porgendogli la sigaretta. Marco aveva guardato il mozzicone, poi aveva fatto una boccata. La donna era bella. Marco pensò che dovesse essere bella, con i suoi abiti e capelli di foggia europea, altrimenti non poteva essere una prostituta. Solamente chi aveva contatti con i tedeschi poteva permettersi sigarette tedesche ed era facile immaginare perché una donna bella, su un'isola greca si acconciasse alla maniera europea e avesse sigarette tedesche, ma sapeva che la guerra e la necessità di sopravvivere tiravano fuori aspetti insoliti delle persone, quindi non giudicava.

«Tu chi sei?»

«Maddalena, la puttana dei tedeschi.» La donna aspettò qualche reazione, ma Marco non disse nulla. «Lo so che nel villaggio mi chiamano così. Almeno mangio bene.»

«Io non ho detto nulla.»

«Mi sembri un bravo ragazzo. Non se ne vedono molti qua.»

«Neanche come te se ne vedono molte.»

«Non ce ne sono altre come me. Io sono unica!» disse la donna accennando un passo di danza.

«Cominciavo a sospettarlo.»

«Ma non sono per tutti. Io sono merce rara.» disse sorridendo.

«Forse non quanto vorresti.» Marco diventò attento mentre il sorriso della donna si era fatto amaro.

«Il punto non è quanto, ma come vorrei. Con chi vorrei.»

Marco vide un sentimento profondo in quella battuta, forse l'insoddisfazione di tutta una vita, forse quella donna poteva essere un'ottima fonte di informazioni, ma ancora non sapeva quanto potesse fidarsi.

«Credimi se dico che ti capisco. Non ne vedo da tanto. Ce ne fumiamo un'altra?» disse lui indicando la sigaretta.

«Facciamo a metà. Ultimamente non ne circolano molte.»

«Ovvio! Non vedo l'ora.»

La donna sorrise ancora di gusto, perché era da tanto che non era trattata come un semplice essere umano e quello bastava a renderle simpatico quel ragazzo. Tirò fuori una sigaretta per porgergliela.

«Prima tu! L'altra era meno di metà.»

«Che ci fai fuori a quest'ora?»

«Cerco di prendere un poco d'aria e non incontrare nessuno.»

«Non c'è nessuno che ti tratta bene?»

«Una persona c'era, ma era un secolo fa. Ora le donne mi guardano con certe facce.»

«E gli uomini?»

Maddalena fece un'espressione di disgusto. «Gli uomini mi hanno sempre guardata con la stessa faccia, da quando sono sbocciata. Loro non mi fanno effetto.»

«In che senso?»

«Prima ho detto che c'era una persona che mi trattava bene… Non era un uomo.»

«Quindi sei…»

«Omosessuale. Sì. Te lo posso dire, tanto a chi importa in questo buco di posto.» disse con un senso di disgusto.

«Ma sei anche…»

«Una mantenuta. Non mi devo eccitare per andare a letto con un uomo.»

«E non hái una… compagna?»

«No. Marco ti ho detto tutto quello che la gente sa di me.» La donna lo guardava fisso da un po', per studiarlo.

«Cioè mi hai detto ciò che mi avrebbe riferito chiunque altro.» disse lui, deluso.

«Infatti. Preferisco dirle io le cose, prima che le dicano le pettegole di Kastri.» Inavvertitamente il suo viso atteggiò di nuovo al disprezzo e Marco lo notò. «Non devi essere greco, ma mi piaci. Non hai giudicato. Credo che potremo essere amici.»

«Non sono greco. Sono di Creta.» disse Marco. Risero.

«Dove stavi andando?»

«In giro. Non conosco il posto.»

«Non sei mai stato a Gozzo?»

«No!»

«Eppure Creta è vicina.» concluse la donna. Marco non disse nulla. Aveva capito qualcosa? L'aveva tradito l'accento? «Allora ti accompagno. Con me sarai al sicuro. Non mi tocca nessuno. Sono la donna del comandante della base. Non lo sapevi?»

«Non ero ancora stato presentato alle autorità locali.»


Arrivarono vicino alla base. «C'è movimento... Lo sai perché?»

«Stavolta non so niente. Hans... Il comandante non mi ha detto nulla.»

«Hans?»

«Hans Kepfel.»

«Di solito parla?»

«Diciamo che, dopo il sesso, spesso parlava.»

«Ora non parla più?»

«Senti Marco… Non voglio parlare di questo. Probabilmente domani ne avrai sentite di tutti i colori su di me e non mi parlerai più. Oggi mi godo la passeggiata.» La donna si irrigidì e lui non insistette oltre. Continuò a osservare la base cercando di ricordare tutti i particolari che potessero tornare utili.

«Sta con Maddalena, la puttana dei tedeschi. Quello, se sbaglia a parlare, ci farà fucilare. Proprio con quella…» tuonò la moglie di Giovanni rientrando in casa.

«Stai calma, mamma.» le disse Anna.

«Come faccio? Proprio tuo padre lo doveva trovare quello?»

«Sai dove stavano?»

«La pettegola della strada mi ha detto che stavano vicino alla base! Che ci fanno insieme vicino alla base?»

«Stai calma. Ora vado a vedere.»

«Ci manca che ti metti nei guai pure tu!»

«Non mi metto nei guai. Lo sai. Faccio finta di pascolare le pecore e vado a vedere.»

«Fallo venire da noi a cena… Giacché è mio nipote. Almeno lo teniamo sotto controllo.»

«Va bene.»

La ragazza uscì prendendo una pagnotta, poi spinse fuori dall'ovile gli animali e li portò nella direzione voluta. Le pecore zampettavano allegramente vista la giornata di sole. Appena li vide studiò un percorso in modo da poterli incrociare.

«Buongiorno, Maddalena.»

«Buongiorno, Anna.»

«Si passeggia?»

«Ci godiamo il sole.»

«Non avete paura che vi vedano?»

«A me?» disse Maddalena indicandosi da sola e riferendosi implicitamente ai suoi trascorsi. «Tu piuttosto che vieni qua da sola. Forse sarà il caso che torniamo insieme.»

«Volentieri. Ti ringrazio.» Anna voleva accompagnarli per assicurarsi che non succedesse nulla e non fosse detto niente di sconveniente e ora non doveva inventare una scusa, quindi accettò immediatamente.

«Lui viene a casa tua?» chiese Maddalena. Anna capì che, essendo loro parente, era strano che non abitasse con loro, ma comunque disse la verità.

«No. Sta alla vecchia casa.»

Maddalena provò una valanga di emozioni, ma riuscì a non mostrarle, poiché era diventata brava a nascondere ciò che pensava.

«È uno strano posto. Sembra che qualcuno ci abbia vissuto di recente, ma mi ripetono che è disabitata da anni.» disse Marco.

«Lo so.» rispose la donna in preda a una profonda malinconia.

«La mamma ha detto che verrai a cena da noi.» intervenne Anna rompendo una tensione che non riusciva a spiegare, ma era diventata palpabile.

«Va bene.»

# Capitolo 8 Marcos Kastro

Marcos Kastro si guardava continuamente intorno. Era un gesto automatico, poiché sapeva che quella non era una giornata normale. Quella sensazione era confermata anche dalle voci dell'arrivo di uno straniero, come lui, uno di Creta. Chiara la moglie lo raggiunse. Era stato semplice dimenticare gli avvenimenti nei periodi in cui sapevano che non sarebbe successo niente e aspettare che il tempo arrivasse, come era stato crudele verificare che tutto fosse immutabile e predestinato ma, nonostante tutto, lui continuava a credere che ci fosse un'altra via. Inavvertitamente aveva cominciato a dare sfogo al suo vecchio tic. Mordicchiarsi la pelle tra l'indice e il pollice. Lo faceva quando era assorto o preoccupato.

«È questo il giorno. È vero?»

Chiara scelse di rompere il silenzio e lui, in quel momento, decise di assecondarla, sapendo quanto le costasse quel ritorno alla realtà, perché sapeva quanto pesava a lui, inoltre conosceva la sua naturale ansia per il futuro.

«Sì! Lo voglio vedere.» disse con decisione. «Probabilmente non mi deve incontrare, ma voglio avere la soddisfazione di vederlo.» si affrettò ad aggiungere.

Chiara era preoccupata. «Avevi detto di no.»

«Forse mi aiuterà a capire perché non riesco a cambiare gli eventi.»

«Sempre questa idea fissa. Forse non cambierà nulla anche questa volta. Come con Cassandra.»

«Lo so. Non l'ho salvata. Ne abbiamo parlato. Forse le cose andranno come devono, comunque farò ciò che posso per aiutare. Non mi sentirei a posto con la coscienza se non tentassi.» nel dire queste cose Marco fece un gesto di stizza.

La donna sospirò. «Ho paura!»

«E di cosa? Sei pronta.»

«Ho paura lo stesso. Non posso avere paura?» sbottò lei.

«Devo tentare. Forse non potrò cambiare le cose, almeno morirò con la coscienza a posto.»

La donna cambiò discorso. «Sei sicuro che non sarà un problema incontrarlo?»

Marcos capì che cercava solo di essere tranquillizzata. «Non lo voglio incontrare. Lo voglio solo vedere.» La donna non aggiunse altro mentre Marcos la abbracciò. «Stai tranquilla. Me la so cavare. Lo sai.» La donna lo strinse di più. «Sono vent'anni che mi sto preparando per questo. Lo sai.»

«Lo so.»

«Ho già coperto le bocche. Tu sai cosa devi fare.»

«Lo so!»

«Ripetilo!»

«Porto i ragazzi al sicuro e blocco Anna con qualsiasi mezzo.»

Maddalena, Marco e Anna passarono mentre Marcos usciva.

«Buongiorno Marcos.» disse Maddalena, mentre Marcos si girava e, per la sorpresa dell'incontro, restò senza parole. «Marcos, Chiara e Anna sono gli unici del paese che non mi trattano come un'appestata.» si affrettò a dire Maddalena sorpresa dalla reazione dell'uomo. «Come stanno i ragazzi?»

«Dormono. Il ragazzo chi è?»

«Marco Kastriokis. Vengo da Creta.»

Marcos raccolse la mano che gli era stata offerta.

«Marcos Kastro. Anch'io sono venuto da Creta. Una vita fa.»

Marco lo osservò. «Stranamente ci somigliamo.» disse osservando la somiglianza tra loro anche in tratti che fino ad allora aveva creduto poco comuni, come se si trattasse di due fratelli.

«Parliamo di Creta. L'isola è piccola. Non è mica Londra.» constatò Marcos e Marco, per un attimo, diventò sospettoso. Era stata una sottile espressione, di un momento, ma l'aveva colta.

«È vero.» commentò, mentre quell'uomo cominciava a non piacergli. Perché quella strana allusione? Era solo un caso? «Mi dicono che lei è il tuttofare dei tedeschi.»

«Modestamente, so tutto della base e conosco tanta gente. Le interessa?»

«Grazie, preferisco starci lontano.»

«Che fa nella vita Marco?»

«Il pescatore.»

«È giusto, a Creta che si può fare?» Marcos sorrise sornione continuando a guardarlo da capo a piedi.

«Perché mi guarda così?»

«Stavo osservando effettivamente quanto ci somigliamo.» disse l'uomo, che non potendo rivelare la vera ragione, non trovò una scusa migliore.

«Come abbiamo detto Creta è una piccola isola. Magari siamo parenti.» disse Marco, cominciando a stancarsi di quell'atmosfera, come quando il gatto gioca con il topo e il gatto non era lui.

«Può essere, anche se sono più di vent'anni che abito qua. Con la guerra e il tempo magari di parenti me ne sono rimasti pochi.»

Marco si tranquillizzò. L'altro poteva non avere capito che lui non era di Creta. Vent'anni prima, se avesse vissuto là, lui sarebbe stato un bambino. Comunque, se avesse continuato a fare domande gli avrebbe parlato della nonna. Lei era di Creta. A ogni modo cambiarono discorso.

«Marcos! Il nostro ospite crederà che tu sia antipatico.» commentò Maddalena, mentre lui sorrideva enigmatico.

«No! Lui conosce la naturale diffidenza di Creta.»

Poi i due si allontanarono, mentre Marcos notò Chiara che si era affacciata e aveva visto tutto. «L'avevi incontrato prima?»

«No. Sta cambiando qualcosa.»

«Ed è un bene?»

«Non lo so. Vedremo.» sospirò Marcos.

«Non credi di essere stato antipatico?»

«L'ho fatto apposta. Lo so come ragiona. Meglio che si concentri su di me e non su chi sai tu»

«Com'è stato incontrarlo?» chiese curiosa la donna.

«Strano! Non ti saprei spiegare.»

«Speriamo bene. Ho paura!» disse la donna. Una volta che gli altri si furono allontanati Marcos trovò qualcosa da fare per impegnare la testa e la giornata.

# Capitolo 9 Il 13 Marzo 1942, tre anni prima

Maddalena attendeva la sua compagna nella vecchia casa. Avevano scoperto di amarsi da parecchio tempo e subito avevano imparato a nascondersi, perché Kastri era un paese contadino, retrogrado per certe cose. Avevano portato degli oggetti di nascosto, per rendere più confortevoli le fugaci ore che passavano insieme e quel posto, alla fine, era diventato il loro nido d'amore, protette anche dalla pessima fama di quel posto, che era la casa degli esiliati. Comunque, non arrivavano insieme e andavano via separatamente.

Quel giorno Cassandra era quasi arrivata alla casa, quando sentì delle voci tedesche. Si spaventò e cercò un posto dove avrebbe potuto nascondersi, ma non ne trovò. Allo spavento si aggiunse subito l'angoscia, perché Maddalena era sicuramente nella casa e lei sperò, con tutta sé stessa, che si accorgesse del pericolo, per questo resistette al primo istinto e non si nascose, magari i tedeschi non l'avrebbero importunata, per evitare malumori con la popolazione. Dal tono capì che l'avevano vista. Erano in tre. Giovani. Uno aveva la divisa diversa. Sicuramente era un graduato. Gli altri due dovevano essere sottoposti.

"Maddalena ti prego nasconditi." pensò Cassandra pregando Dio che le lasciassero in pace.

«Dove vai, bella signorina?» chiese l'uomo in un greco dall'accento straniero.

«Vi prego. Voglio andare a casa.»

L'uomo parlò in tedesco e i tre risero. Cassandra pensò che sicuramente fosse stata una battuta di cattivo gusto.

«Ti accompagniamo noi.»

Parlò ancora in tedesco e risero di nuovo. Cassandra era pietrificata. L'uomo si avvicinò e le girò intorno, poi delicatamente, ma con fermezza, la prese sottobraccio. Lei restò paralizzata per la paura e Maddalena, che aveva sentito tutto, si nascose nell'armadio, mentre uno dei soldati stava già forzando la porta con un coltello. Paura e angoscia assalirono Maddalena in una morsa insopportabile, poiché loro entravano allo stesso modo, quindi sapeva che ci sarebbe riuscito facilmente. Cassandra cercò di opporre resistenza, ma quando l'uomo la trascinò dentro, provò sollievo a vedere che Maddalena non c'era, poi vide l'armadio semichiuso e l'occhio di lei che guardava da una fessura che aveva lasciato aperta e piangeva.

"Dio, che non la vedano." pregò Cassandra in silenzio. Abbozzò ancora qualche resistenza mentre l'uomo la spogliava e cominciava a palpeggiarla in maniera lasciva, prima di fare i suoi comodi. Sapeva che non poteva ribellarsi, c'era Maddalena. In un attimo in cui lui guardava dall'altra parte si voltò verso l'armadio. In un misto di verità e immaginazione capì che Maddalena stava per tentare di soccorrerla, ma lei le fece cenno di non fare nulla. Lui la prese così. In piedi. Cassandra pianse, ma ebbe la freddezza di fare in modo che lui desse sempre le spalle all'armadio, che non vedesse Maddalena. Cassandra non poteva ribellarsi, c'era Maddalena e doveva salvarla.

«Ora farai la brava anche con i miei amici e starai zitta. Non vogliamo problemi, vero bella signorina?» disse l'uomo dopo essersi rivestito. Era troppo. Cassandra non riuscì a tollerare il pensiero che lo schifo che aveva provato si ripetesse altre volte. Quando la afferrò non riuscì a trattenersi e lo colpì al volto. L'uomo non si aspettava uno schiaffo e tanto meno un colpo di quella forza, ma lei lo aveva colpito con tutta la disperazione, il ribrezzo e la rabbia che si sentiva addosso. Una parte di quella rabbia si era impadronita dell'uomo e Cassandra, che si era subito pentita, ebbe paura, ma ormai era tardi. La bestia era stata colpita e, anche se solo nell'orgoglio, era ferita e voleva il sangue.

«Una puttana come te non sta zitta immagino. Dovrò fare a modo mio.» sibilò l'uomo sentendo il sapore del sangue sulle labbra, poi tirò fuori una espressione animalesca e la pistola, puntandola alla testa della donna.

«Ti prego. Non sparare.» pianse lei guardando dritto nel buco della canna.

«L'uomo con la grande pistola fa paura.» sorrise lui, guardandola con sadico piacere, poi le fece scivolare la pistola attorno alla testa, sul cuore e in mezzo alle gambe. Lentamente. Un paio di volte fece finta di sparare in un gioco perverso. «Mi sei piaciuta. Forse ti farò vivere.» disse mentre si allontanava. Per un attimo Maddalena volle credere che fossero fuori pericolo. «Forse invece non mi voglio sporcare di sangue.» Le sparò in testa da pochi metri di distanza, poi uscì e parlò con gli altri che probabilmente chiesero spiegazioni e lui urlò qualcosa in tedesco. I due entrarono, presero il corpo, borbottando contrariati mentre lo portavano via. Così sparì Cassandra. Per sempre.

Maddalena aveva visto tutto continuando a piangere in silenzio per ore, chiusa nell'armadio. Il suo amore era morta a pochi metri da lei. Da quel pianto nacque la puttana dei tedeschi, che da quel momento ebbe un unico scopo. Avvicinare quel mostro, guadagnare la sua fiducia e al momento giusto, ammazzarlo come un cane, come lui aveva fatto con Cassandra. Da allora in poi lei non lo avrebbe mai chiamato per nome, non avrebbe mai pensato a lui per nome, anche quando lo avesse conosciuto, perché lo avrebbe sicuramente incontrato, per ammazzarlo e per dirgli chi era Cassandra, lui era e sarebbe restato "il porco", per lei. Quello era il motivo per cui era diventata quella che era. Doveva avvicinare «il porco», a qualunque costo. Per "il porco" ogni sera si metteva in tiro ed entrava nella base e permetteva che Kepfel le mettesse le mani addosso. Per "il porco" e per Cassandra.

# Capitolo 10 Marco e Anna

«Ti ho portato del pane.» disse Anna prima che Marco rientrasse in casa.

«Ti ringrazio.»

«Allora, stasera la mamma ti aspetta a casa, per cena.»

«D'accordo, ci sarò.»

Le donne avevano percorso un lungo tratto in silenzio.

«Non ti innamorare di uno straniero, piccola Anna.» esordì Maddalena.

«Che dici.» rispose lei arrossendo.

«Quello che ho detto. Non innamorarti di uno straniero… Andrà via.»

«È di Creta.»

«Tu dici? È probabile, ma anche Creta può essere lontana.»

«Tu! Che ne sai dell'amore.» Anna si mise sulla difensiva.

«Molto di più di quanto pensi. Non sono sempre stata quella che sono. Ho conosciuto tanto amore e tu sei tanto giovane e curiosa. Basta uno sguardo, un bel fisico e la fantasia parte. Ho visto come lo guardi.»

«Piace anche a te eh?»

La donna la guardò con uno sguardo pieno di comprensione. «Sei lontana. Io sono una donna disincantata da tanto tempo, ma mi ricordo la ragazza che ero.»

Anna capì che le stava parlando dal profondo di qualche dolore, anche se non sapeva quale. «Tranquilla, signora Maddalena. Starò attenta.»

Lei non commentò il "signora", detto con educazione, con rispetto, ma lo mise in serbo nel suo cuore, come tante piccole gentilezze che la ragazza le riservava.

«Tante cose stanno per succedere. Lo sento. Stai attenta a quelle Anna. L'amore sarà senz'altro la meno problematica.» commentò profetica la donna.


«Posso dirti di non innamorarti, ma sono dalla parte dell'amore. Voglio regalarti una cosa. Saprai farne buon uso.» disse Maddalena porgendogli un grosso pacco. Dentro c'era un vestito alla moda, nero, con una camicetta di un viola molto carino, un bracciale con grosse perle e un baschetto. Anna non aveva mai visto un abito così bello e le brillarono gli occhi.

«Grazie.» disse commossa.

«I tedeschi sanno essere di gusto e generosi, ma alle volte sono poco pratici con le taglie. A me non va. Vai ora, sparisci.» disse Maddalena che stava cedendo anche lei alla commozione.

# Capitolo 11 Karl Shulz

Il comandante Shulz bussò alla porta, dietro la quale Hans Kepfel attendeva il rapporto sull'avanzamento dei lavori. Dopo l'invito ad accomodarsi entrò, esibendosi nel solito, impeccabile, saluto militare.

«Comodo, Shulz. Allora, mi dica.»

«Stiamo procedendo.» disse laconico.

«Che significa?»

«Capitano... Lo sa che significa. Gli uomini sono esausti. Se non possiamo reclutare la gente del villaggio, il lavoro non può procedere rapidamente.»

«L'evacuazione deve rimanere segreta.» ribadì Kepfel. Shulz indugiò nell'ufficio. «C'è altro?»

«Ho saputo che c'è un uomo nella vecchia casa.»

«Chi è?»

«Il nipote di una donna del villaggio.»

«Com'è arrivato e da dove?»

«Via mare, da Creta.»

Kepfel non amava le novità. L'isola era sempre stata di una normalità tranquillizzante, non aveva a disposizione molte forze, ma era il caso di verificare. «Cercate la sua barca e scoprite perché è venuto. Non sappiamo se è venuto con una barca sua o se sono andati a prenderlo?»

«So che è venuto con una barca propria. Questi sono pastori. Non si sono avventurati in mare con il pericolo che c'è d'incontrare qualcuno e di essere affondati.»

«Appunto. Le barche le conosciamo tutte. Trovate una barca che non conosciamo e scoprite se dice la verità. Anzi, facciamo così: Mentre cercate la barca, interrogatelo e scoprite tutto su di lui. Se ne occupi personalmente. Potrebbe essere una spia in cerca d'informazioni, se è così, a lei non sfuggirà.»

Shulz non era contento di mandare degli uomini a spasso a cercare una barca, perché gli serviva forza lavoro, ma doveva obbedire agli ordini. «Ordinerò una rapida ricognizione della costa. Se è venuto con una barca, dev'essere in secca da qualche parte.»

«Verifichi personalmente. Può essere importante.»

«Lo interrogherò oggi stesso.»

Kepfel conosceva Shulz e sapeva che quelle parole indicavano una pletora di possibilità, che andavano dall'indagare con tatto, al prelevamento del soggetto con un interrogatorio, fino a un probabile interrogatorio duro, con tanto di tortura. Conosceva bene di cosa fosse capace quell'uomo nel bene e nel male e non voleva disordini inutili con gli isolani, quindi preferì chiarire l'ordine. «Per ora preferisco parlarci amichevolmente. Si faccia una delle sue passeggiate e vada alla vecchia casa.»

Shulz salutò e uscì. Qualsiasi cosa avesse pensato di quell'ordine era riuscito a tenerla nascosta.

# Capitolo 12 Giorgio e Giovanni

Giorgio stava sistemando la sua attrezzatura insieme al figlio quando Giovanni entrò.

«Allora, come sta "tuo nipote"?»

Giovanni sospirò. «Non so che fare.»

«In che senso?»

«Lo aiutiamo, o ci facciamo gli affari nostri?»

«Bella domanda. Se va in giro da solo e si mette nei guai quelli se la prendono pure con noi.»

«Lo so. Lo dobbiamo portare in giro noi. È un pastore no? Che faccia il pastore.»

«Non è un pastore.»

«Farà il pastore lo stesso!» sbottò Giovanni.

«Allora lo aiutiamo?»

«Non ci facciamo mettere nei guai. Lo sorvegliamo.»

Giorgio ci pensò un attimo. «Mi sembra una buona idea.»

«Il manico di questo tino è consumato.» disse Giovanni osservando il ferro consunto.

«Reggerà ancora per un poco.» concluse Giorgio dopo averlo esaminato.

«Ho bisogno di riflettere. Ti do una mano.»

Passarono l'intero pomeriggio a seguire le loro faccende.

# Capitolo 13 Shulz alla vecchia casa

Karl Shulz, scortato da un soldato, bussò alla porta della vecchia casa, ma nessuno rispose.

«Tu resta fuori.» ordinò al soldato, pensando che fosse una buona occasione per dare un'occhiata, ed entrò forzando la serratura. Immediatamente si rese conto che forse non avrebbe trovato subito qualcosa di strano. Scostò qualcosa cercando di toccare il meno possibile, non per attenzione, perché gli faceva ribrezzo toccare la roba di un essere di razza non ariana. Non trovò nulla, quindi uscì richiudendo la porta. In lontananza vide tre figure che si avvicinavano. Si domandò se fosse stato visto uscire dalla casa, poi pensò che anche se fosse, in fin dei conti, lui poteva. Era tedesco e gli era permesso. I due uomini di scorta si erano fermati all'ombra, un po' per ripararsi dal sole, un po' per il gusto di non farsi vedere e piombare addosso a chiunque potesse arrivare.

«Buongiorno, Maddalena.» tuonò Shulz con un sorriso viscido e il suo greco di accento tedesco. La donna lo guardò imperturbabile, ma non disse nulla. «Andiamo a spasso?»

«Ci godiamo il sole.» disse Marco.

Shulz non aspettava altro. «E lei sarebbe?» disse gonfiando il petto, in modo che i suoi fregi fossero ancora più evidenti.

«Marco Kastriokis!»

«Mi mostra i suoi documenti?»

«Li ho smarriti la notte scorsa.»

«Molto comodo. Posso sapere dove li ha smarriti?»

«In mare, credo.»

«Non c'era mare la notte scorsa.»

Marco prestò attenzione al fatto di non avere detto la storia del naufragio e sospettò, più che altro per istinto, che l'uomo fosse informato su di lui, ma il suo poteva anche essere il frutto di un semplice ragionamento. È difficile che di notte si vada a fare il bagno e Gozzo è un'isoletta di pastori e pescatori.

«Non ho detto che ci fosse. La mia barca è naufragata per un guasto, signore.»

Scelse un fare servile perché poteva essere utile nutrire la voglia di superiorità del nemico.

«Allora troveremo i rottami.»

«Lei non sa di mare, signore. Una barca che naufraga nella tempesta produce rottami. La mia ha avuto un guasto e probabilmente sta in fondo al mare.»

L'uomo lo stava studiando e Marco evitava di fissarlo negli occhi. «Mi stai dicendo che sono ignorante?»

«Non mi permetterei mai, signore. Evidentemente lei deve venire dalle belle montagne della Germania.»

«Sembra che tu sappia di che parli.»

«Ho visto solo le foto. Io sono solo un pescatore di Creta.»

«Sono stato a Creta. Ho visto la catena montuosa di Lefka Ori, le gole della Giudea, le spiagge di Elafonisi.»

«Le gole sono della Samaria. Lei si prende gioco di me signore.»

L'uomo lo osservava e Marco ringraziò mentalmente sua nonna, che quando era viva, gli aveva parlato delle gole della Samaria. Probabilmente sarebbe restato vivo grazie a lei.

«Che ci facevi in mare?»

«Signore mio, ormai la mia scelta era se rischiare di morire in mare per qualche brutto incontro, o morire di fame perché non potevo pescare.»

«Saremmo noi tedeschi i brutti incontri?»

«Tedeschi, inglesi, americani, italiani... Se prima sparano, poi domandano chi sei, cosa cambia?»

«Hai ragione greco.» Si rivolse al soldato. «Andiamo!» Presero la direzione della base e Shulz camminava un passo avanti al soldato. «Comunque tu non mi piaci. Ringrazia che ti accompagna la signora Maddalena. I miei rispetti signora.»

«Sapessi tu.» disse Marco appena furono lontani.

«Adesso mi dovrò inventare qualcosa.» disse Maddalena, che era rimasta in silenzio.

«In che senso?»

«Quello andrà di corsa a riferire che mi ha visto con te.»

«Tu, allora dì che vuoi scoprire che sono veramente un pescatore di Creta, così manderanno te a seguirmi, non quel mastino in cappotto.»

Maddalena rise di gusto.

# Capitolo 14 La barca

Il comandante Shulz si allontanò convinto che non avrebbe effettivamente trovato la barca. Era l'unica cosa che dava per certa. Tutto il resto era da verificare. Invece due soldati tornarono e riferirono di avere trovato una barca in secca. Che senso aveva? L'uomo aveva detto di essere naufragato. Poteva aver detto una bugia e la barca poteva servirgli per chissà quali scopi. Comunque, quella barca era tanto importante da mentire per essa.

«Portatemi sul posto.»

«Come vuole comandante.»

Osservando la barca concluse che era vecchia, ma non aveva nulla che le impedisse di galleggiare. Inoltre, era una barca di cui non erano a conoscenza. Che cosa significava? Chi l'aveva trasportata? E perché? Di Shulz si poteva dire di tutto. Era razzista, spietato e malvagio, ma non era stupido.

«Che cosa facciamo, comandante?»

Se la barca era stata messa là c'era sicuramente qualche motivo. Tentò di ricordarsi anche se qualcosa gli fosse sfuggito e l'imbarcazione fosse sempre stata là. In fondo era una zona nascosta che i soldati, magari avevano ignorato, giusto per evitare dei percorsi di ronda in più. Doveva ricordarsi, quando ci era passato lui, durante le sue passeggiate. Appena arrivato sull'isola l'aveva esplorata tutta, di persona. Si concentrò. No, lui la barca non l'aveva vista. Ora era sicuro che fosse stata spostata dopo e la situazione era strana. Perché metterla in bella vista? Poteva essere sorvegliata e, se erano stati visti, qualsiasi piano che la coinvolgesse saltato, ma se non era successo lui aveva un vantaggio. Non sapeva riguardo a cosa, quindi cominciò a pensare se fosse utile lasciarla là, o renderla inutilizzabile, ma in quel caso non avrebbe scoperto a cosa servisse, inoltre venendo non avevano incontrato nessuno, quindi poteva ragionevolmente pensare che la barca non fosse sorvegliata. Decise di lasciarla là. Se non avesse avuto penuria di uomini avrebbe organizzato una stretta sorveglianza, ma in quelle condizioni non poteva. Avrebbe pensato in seguito a cosa fare. Si trattava di una barca da pescatori, ne aveva viste altre. Ora le conclusioni erano due: o era la barca di Kastriokis e lui aveva mentito sul fatto che fosse affondata, banalmente per proteggerla, o lui non c'entrava nulla e quella barca si trovava là per altri motivi. Probabilmente chiunque l'avesse messa là non l'aveva nascosta, forse fidando della inaccessibilità del luogo.

«Non toccate nulla. Cancellate le tracce dei nostri stivali. Ce ne andiamo.»

«Signor sì.»

«Soldato! Avete visto qualcuno durante il giro di prima? È importante!»

«Nossignore nessuno.» disse il militare dopo averci pensato bene.

«Eseguite gli ordini. Rapidi!»

# Capitolo 15 A casa di Anna

La sera Marco cenò a casa di Anna. Sapeva della tipica abitudine greca di cenare a tarda ora, ma era arrivato comunque presto, perché aveva intenzione di parlare con Giovanni, per cominciare a tracciare una mappa della base, che spiegasse a cosa servivano gli edifici. Al momento giusto prese Giovanni in disparte. «Posso avere della carta e una matita?» Anna glieli porse. Marco tracciò rapidamente una mappa della base. «Ho bisogno che mi dici cosa sono tutti gli edifici.»

«Non so se me li ricordo.»

«Non importa.»

«Non sono entrato dappertutto.»

Marco immaginò che l'uomo potesse sapere più di quanto credesse. Bastava porgli le domande giuste. «Hai visto da dove uscivano i soldati, oppure sai dove sono gli alloggi delle truppe?»

Indicò un grande capanno. «Qui!»

«Hai visto aerei o camion?»

«Aerei e camion, qui.»

«Quanti aerei hai visto?»

«Due, ma non ho potuto guardare dentro.»

«Quanti camion?»

«Due, qualche auto.»

«Quante?»

Si sforzò di ricordare. «Tre!»

«Gli alloggi ufficiali?»

«Non so.»

«Non fa niente, so a chi chiedere.»

«A chi?»

«Alla puttana dei tedeschi.» tuonò Maria che aveva sentito quasi tutto. «Stai lontano da lei. Quella donna è pericolosa. Quella donna no! Quella donna no!» disse agitando le mani.

«Vai di là tu. Non ti impicciare.» le ordinò il marito infastidito, poi guardò Marco. «Ti fidi di lei?»

«Se non ci sarà scelta... Quanti soldati pensi che ci siano alla base?»

«Tanti.»

«Più di cinquanta?»

«Mi pare.»

«Penso che debba esserci una spia.»

«Lo so.»

«Come lo sai?»

«In qualche occasione ho avuto l'impressione che i tedeschi sapessero troppo.» si limitò a dire Giovanni.

«Hai idea di chi sia?»

«Non ho mai capito chi possa essere. È abile.»

«Chi si reca normalmente alla base?»

«Marcos il tuttofare, Maddalena e Marios, che gli fa il pane. Pensi che siano loro?»

«Non lo so. Ho notato qualcosa, può non significare niente, ma vale la pena di verificare. Tu a chi penseresti?»

«Solo Maddalena odia il paese.» L'uomo si fece grave e Marco, che segnava i suoi appunti, non se ne accorse subito. «Ti sto aiutando in questa cosa, ma sia ben chiaro, se qualcuno muore e tu ne sei responsabile io ti ammazzo con le mie mani.»

Marco capì i motivi che l'avevano spinto a parlare così duramente. Quella era casa sua e lui era l'estraneo, quindi non rispose in maniera dura. «Credimi. Più sarà preciso il mio rapporto, meno rischi ci saranno.»

«Allora, ciò che devi fare fallo presto.»

«È arrivato anche nonno Patroclo. Si mangia.» Anna li chiamò a tavola.

Il vecchio patriarca aveva un aspetto di età indefinita, ma era ancora presente a sé stesso e gli piaceva mangiare e parlare.

«Quindi sei il nipote di Maria?»

Marco capì che doveva mantenere la sua copertura. «Sì!»

«Di chi sei figlio?»

«Di mia sorella, quella di Creta.» lo anticipò lei e il vecchio fu soddisfatto della risposta.

«E che ci fai su Gozzo?»

«Sono naufragato mentre andavo a pesca.»

«Ti hanno affondato?»

«Un guasto.»

«Perché non sei mai venuto a trovare Maria?»

«Prima ero giovane, poi è scoppiata la guerra.»

«Ah. Allora sei nel posto migliore del mondo.»

«In che senso?»

«Se ti troverai in pericolo e riuscirai a scappare troverai la Bocca d'Oro.»

«Nonno, ma quella è una leggenda.» disse Anna che, pur non essendo vicina, stava ascoltando tutto.

«E perché non possiamo divertirci con un poco di folclore locale?» Il vecchio alzò le spalle.

«M'interessa. Raccontatemi.» disse Marco.

«Dice la leggenda che chi si trova sull'isola, in una situazione di grande pericolo, riesce a trovare la Bocca d'Oro e, se riuscirà a superare il mostro d'oro, potrà entrarci e salvarsi.»

«Quella storia serve solo a fare addormentare i bambini.» disse Maria.

«E gli scomparsi?» si infervorò Patroclo.

«Diciamo che il mostro d'oro sono i tedeschi.» disse Giovanni.

«E i corpi?» continuò Patroclo, ma nessuno seppe rispondere. «Dove abiti?» domandò il nonno, calmandosi e per cambiare discorso.

«Voi la chiamate la vecchia casa.»

«La casa di Joannis Mathioudakis.» concluse Patroclo.

«E chi è?»

«La chiamiamo la vecchia casa per non dire che era una delle case dove abitavano i confinati del dittatore Joannis Metaxas. Nessuno di noi ci andrebbe mai ad abitare.»

«Hai finito di spaventare l'ospite, nonno?» disse Anna tentando di mettersi in mezzo, in caso avesse voluto sottrarsi alla parlantina del vecchio.

«Sono meno impressionabile, credimi Anna.»

Lei sorrise. Le era riuscito istintivo. Marco aveva trovato il suo sorriso bellissimo e luminosissimo e non aveva potuto fare a meno di rispondere, ma anche Maria lo aveva notato e non le piaceva.

«È ora di tornare a casa. Il giovanotto potrebbe accompagnarmi, così facciamo quattro chiacchiere.» disse Patroclo.

«Vado anch'io.» disse Anna e Maria fece una smorfia di disapprovazione, ma non si oppose.

La casa di Patroclo era vicina, ma la strada era buia, illuminata solo dalle luci delle case. Durante il tragitto, al chiaro della luna, il nonno si appoggiava alla nipote e parlavano del più e del meno. Sembrava un discorso usuale, fatto delle solite cose normali, il tempo, il freddo. Anche Marco aveva ritrovato un poco di quella normalità che non provava da qualche tempo e se la godeva in silenzio. Patroclo entrò in casa e Anna lo seguì finché non accese la luce, poi lo salutò.

«È ancora sveglio il nonno.»

«Per fortuna è ancora autosufficiente e si muove da solo.»

«È combattivo. Mi piace.» concluse Marco.

Maddalena la prostituta stava tornando a casa dopo la solita serata.

«Buonasera!»

«Buonasera!» disse la donna guardandosi indietro senza aggiungere nulla, ma sembrava preoccupata.

«Cosa c'è?» chiese Marco.

«Ho visto un'ombra prima. Qualcuno si è nascosto.»

«Voglio dare un'occhiata.» disse Anna allontanandosi di qualche passo. Marco la seguì con uno sguardo interessato e apprensivo, che non sfuggì alla donna.

«Attento Giovanotto. È una ragazza brava e intelligente. È riuscita a nascondersi ai tedeschi, ma al villaggio ha parecchi occhi addosso, che potrebbero diventare gelosi e non va bene.»

Marco distolse lo sguardo, poiché i suoi pensieri erano troppo esposti per quella donna.

«Non vedo nessuno.» disse Anna tornando.

«Accompagniamo Maddalena, poi ti porto a casa.»

Così fecero e, al ritorno, la ragazza gli prese la mano.

«Perché? Non mi conosci.»

«È buio… Se cado, mi trattieni.» disse lei sorridendo.

«Se cado io, invece vieni giù anche tu.»

«E che problema c'è?»

La sua mano era soffice, ben tornita e il suo sorriso rimetteva Marco in pace con il mondo, tanto che non sarebbe voluto arrivare mai a casa, ma l'incanto sarebbe durato?

Il lato cruento e spietato della sua missione doveva ancora mostrarsi: la paura, i morti e quegli occhi, che ora lo guardavano con curiosità ed emozione, potevano diventare indagatori. Cosa avrebbe risposto davanti alle tacite domande: "Questo dovevi portare?", "Questo dovevi fare?", "Questo sei?", o peggio, quegli occhi potevano non guardarlo più perché, magari Anna sarebbe stata tra le vittime dell'attacco.

Se avesse ceduto, lei avrebbe comunque sofferto, perché la guerra avrebbe mostrato il suo volto. Un volto che quell'isola aveva visto bene, ma i morti del '41 erano tedeschi, nemici, ed era stato facile dimenticarli. La sua coscienza lo obbligò a essere coerente nel cercare, a tutti i costi, di mitigare gli effetti di ciò che sarebbe successo e fu una scelta difficile.

«Ci vediamo Anna. Salutami i tuoi.» le disse sulla soglia con una voce insolitamente emozionata, che non riuscì a nascondere.

Lui avvertì l'emozione del momento. Quanto sarebbe stato semplice abbandonarsi alla situazione: lei era là, semplice e irresistibile, lo guardava con occhi grandi ed espressivi e attendeva. La vera natura della sua missione si sarebbe mostrata e lui sapeva quanto lo aiutava, in coscienza, un'idea: "essere coerente e limitare i danni, per quanto fosse difficile."

«Ci vediamo.» le disse abbassando lo sguardo.

Anna non capì dove si fosse smarrita l'emozione del momento, ma vedendo gli occhi di lui capì che era stata repressa a fatica e accettò la decisione, senza comprenderla.

# Capitolo 16 La spia

Marco stava nella vecchia casa e affacciandosi vide dei movimenti tra le piante. Per precauzione nascose la mappa che aveva disegnato, chiuse le imposte e spense la lucerna per vedere cosa uscisse dall'ombra, ma non successe niente. Poteva essere un caso, un animale che si era nascosto, comunque non stava tranquillo.

L'indomani Pietro e Giovanni lo portarono al pascolo. Al ritorno Marco si accorse che erano state lasciate pagnotte e formaggio, ma la casa era stata perquisita. Era un maestro nel lasciare piccoli oggetti impercettibili che, se toccati, si spostavano e non si trovavano come lui li aveva sistemati. Mentalmente ripercorse tutti i posti dove aveva guardato la spia, ma che senso avevano le pagnotte? Poco dopo sentì la voce di Anna che stava entrando.

«Hai mangiato le pagnotte?» chiese la ragazza prima di notare che non erano ancora state spostate.

«Ho bisogno che tu mi dica tutto quello che hai toccato stamattina qua dentro.»

«Niente. Sono entrata. Volevo farti una sorpresa. Ho lasciato il pane sul tavolo e sono uscita.» Anna si fece attenta e si sforzò di ricordare.

«Hai toccato il letto?»

La ragazza si sforzò ancora una volta. «No!»

«Sei sicura? È importante.»

La ragazza cercò di ricordare se eventualmente avesse toccato il letto, anche non volendo. «Sono sicura! Perché insisti?» si indispettì.

«Stamattina è entrato qualcuno.»

«Per quale motivo?»

«Per spiare. Magari stanno verificando la storia del naufragio. Hai visto qualcuno venendo?»

«Nessuno.»

«Neanche del villaggio?»

«Nessuno.»

Marco si tranquillizzò, ma non del tutto. «Se avessero trovato qualcosa di strano, mi avrebbero fermato subito.» si scusò. «Perdonami... Sono stato brusco. Ti ringrazio per il pane.»

«Lo manda nonno Patroclo.»

«Poi lo ringrazierò. Perché non mangiamo insieme?»

Lei sorrise. Non sperava altro, tanto che aveva già detto una scusa alla madre, che giustificasse la sua assenza. «Voglio che questo pranzo sia speciale. Mi dai qualche minuto?»

«Che devo fare?»

«Esci, mi voglio cambiare.»

Dopo qualche minuto, lo fece rientrare. Lei aveva indossato l'abito regalatole da Maddalena.

«Sei bellissima. Io non sono all'altezza» disse Marco senza parole, guardandola da capo a piedi.

«Un regalo. Difficilmente potrò avere un'altra occasione d'indossarlo.» disse lei aggiustandosi prima il baschetto nero, poi il braccialetto con le grosse perle.

«Non hai bisogno di sembrare una principessa. Per me sei sempre una principessa.» Si lavarono le mani, poi Marco trovò un coltello e tagliò il pane, infine le spostò la sedia, con un gesto galante, per farla sedere. Lei si divertì. «Signorina, spero che il pranzo sia di suo gradimento.»

Lei sorrise. «Se non lo sarà il pranzo, speriamo almeno nella compagnia.»

Sorrise anche lui. «Nel caso la invitiamo a ritentare.»


Marco la osservò. Era bella. Tanto. «Come riesci a non farti notare dai tedeschi?»

«Conosco l'isola.»

«Conosci il territorio, lo dice anche Sun Tzu.»

«Questo signore, non so chi sia.»

«Non importa.» disse Marco temendo di sembrare saccente.

«Chi è Sun Tzu?»

«Un cinese, che ha scritto un trattato di guerra, che mi ha salvato la vita in qualche occasione.»

«Quindi hai un amico cinese?»

«No… È morto, migliaia di anni fa.»

«Perdonami. Non so tante cose. Sono un disastro.»

«Un'amica mi ha detto una volta: "E che problema c'è?"»

«Un'amica?» disse lei con tono malizioso.

«Credo che sia una persona speciale.» aggiunse lui mentre lei arrossiva. Non avrebbe voluto, ma quell'uomo cominciava a piacerle davvero e la trattava come una principessa. «Buono il pane. L'ha fatto quel Marios?»

«Questo l'ha fatto mamma Maria. Ormai Marios riesce a fare solo il pane dei tedeschi.»

«Non l'ho mai visto. Com'è fisicamente?»

«Ha la mia età. Ci conosciamo fin da bambini.»

«E di carattere?»

«Un bravo ragazzo. Ogni tanto mi passa una pagnotta.»

«Magari è un po' innamorato di te.»

«Mia madre me lo dice sempre. Lei gradirebbe.» Arrossì ancora.

«E tu?»

«È un gran lavoratore, premuroso, gentile, ma penso che innamorarsi sia tutt'altra cosa.»

«È tutt'altra cosa.» confermò lui con un'espressione persa in mille ricordi.

Quest'ultima affermazione, fatta in questo modo, le fece sorgere un dubbio atroce, che doveva togliersi a tutti i costi. «Sembra che tu sappia di cosa si parla. Ti aspetta una donna a casa?»

«Nessuna, qualcuna c'è stata, ma credo che nessuna…»

Lei sentì un rumore all'esterno e saltò in piedi di colpo, interrompendolo. «Ora devo andare. Mio padre verrà presto per portarti a pascolare le pecore. Meglio che non mi trovi qua.»

Lui si avvicinò alla porta per accompagnarla, ma il suo profumo, la sua pelle, i suoi occhi lo scombussolarono, tanto che non poté fare a meno di stringerla e baciarla. Lei ne fu sorpresa, ma dopo qualche secondo rispose al bacio.

«Lasciami finire! Credo che nessuna sia come te!»

«Esci ora, ho indossato questo abito per te. Nessun altro lo deve vedere.»

Poco dopo lei uscì, indossando i suoi soliti vestiti e dopo un rapido scambio di sguardi si allontanò in fretta. Marco si fermò un attimo a riflettere: In che guaio si stava cacciando? Che cosa sarebbe successo di lì a pochi giorni, quando sarebbe arrivata l'aviazione per distruggere la base? Decise che avrebbe parlato con Giovanni e Giorgio. Stavolta non avrebbe solo provato, ma sarebbe intervenuto per salvare la gente e Anna. Li avrebbe consigliati di stare attenti e, quando avessero sentito gli aerei, avrebbero dovuto immediatamente allontanarsi dalla base. Normalmente le sue consegne erano di non dire nulla, ma ora era diverso. Doveva intervenire perché c'era Anna con loro.

# Capitolo 17 Le istruzioni per l'attacco

I tre uomini attendevano pigramente che le pecore facessero i propri comodi, ma Marco era pensieroso.

«Quando ci sarà l'attacco?» chiese Giorgio.

«Non lo so.» Marco si sentì sollevato perché non iniziò lui il discorso, ma sapeva che se non avesse detto abbastanza probabilmente si sarebbero organizzati per sorvegliarlo. Non erano professionisti ed erano rozzi, quindi potevano fare errori e farsi scoprire dai tedeschi. Questo era un problema, perché i tedeschi si sarebbero fatti delle domande, quindi era il caso di dire tutto. «Fra qualche giorno mi servirò della barca. Ho appuntamento in mare con la mia nave. A quel punto non potrò più dirvi nulla. L'attacco dipende da quanto sono vicine le forze che hanno contattato. Quando li sentirete, allontanatevi dalla base e dal villaggio, perché i tedeschi tenteranno un contrattacco e se non riusciranno a organizzarsi scapperanno facendosi scudo di voi.»

«Allora dobbiamo avvertire quelli del villaggio.»

Marco studiò attentamente le parole. «Non potete. Se c'è una spia tra di voi è pericoloso. Dovete impedire che io sia catturato, perché se sarò preso, ci sarà comunque l'attacco, ma senza informazioni sul campo.»

«E quindi?» chiese Giovanni.

«Kastri è troppo vicina. Potrebbero pensare a un attacco da quota media, o alta, perché non sanno che non ci sono contraeree pronte. Kastri potrebbe essere colpita.»

«Che brutta cosa.» disse Pietro.

«Che facciamo allora?» chiese Giorgio.

«Quando me ne sarò andato restate al villaggio e tenete d'occhio i cani.»

«I cani? Perché i cani?»

«Loro sentono gli aerei molto prima di noi. Quando li sentirete voi potrebbe essere tardi.»

«Buono a sapersi.»

«Allora darete l'allarme e dovrete fare in fretta, perché i tedeschi non esiteranno a confondersi tra di voi e prendervi come ostaggi. Se gli aerei non li conterranno, potranno succedere due cose: o avverrà l'attacco da terra, o attaccheranno anche la popolazione.»

«Tu che ne pensi?» chiese Giorgio.

«È improbabile che trovino una truppa da sbarco, quindi l'attacco non avverrà da terra. Dobbiamo assolutamente fare in modo che sia un attacco a bassa quota, altrimenti sarà una carneficina.»

«Dove li portiamo i paesani?» chiese Giovanni.

«Nei cedreti, dove si possono nascondere, il più lontano possibile dalla base. Una raccomandazione: La gente sarà confusa, potrebbe non ragionare. Non perdete tempo e salvatene il maggior numero possibile.»

Giovanni apparì visibilmente turbato dal discorso. «Ne sai abbastanza di queste cose!»

«Mi sono sempre comportato in maniera da minimizzare i danni, ma è difficile… Sarà difficile. Tenete a mente una cosa: Non potrete salvare tutti.» li ammonì Marco. Giovanni cominciò a domandarsi come avrebbe potuto portare dentro di sé quella "cosa". Come avrebbe detto a chi avrebbe perso qualcuno che lui sapeva e comunque quello era stato il modo migliore di comportarsi, ma era un uomo pratico e si tranquillizzò pensando che aveva tempo per inventare qualcosa, che comunque sarebbe stato sempre inadeguato.

«Secondo te quanto tempo passerà dal momento in cui farai rapporto a quello dell'attacco?» chiese Giovanni.

«Non lo posso sapere.»

«Lo so, ma puoi formulare un'ipotesi!» sbottò Giovanni.

«Secondo me le forze alleate sono vicine. Con la nave in vista l'attacco avverrà la mattina dopo.» I due uomini avevano assunto un'espressione grave perché Marco si era sforzato di apparire il più perentorio possibile. «È importante, mi raccomando: Voi sarete quelli più esposti, perché vi fermerete nel paese ad avvisare. Avvisate tutti, ma non vi fermate per nessuno.»

«È crudele.» commentò Giorgio.

«Non saprete quanto tempo avrete e fermarsi potrebbe significare non avere tempo di avvisare il prossimo, oppure non salvare voi stessi.»

Per il resto della giornata i tre uomini si sforzarono di non pensare a quella conversazione. Non fu semplice, ma ci riuscirono.

# Capitolo 18 Marios

Nel tardo pomeriggio il comandante Shulz uscì per la sua passeggiata. Come sempre era scortato da due soldati. Quando Marco li vide, si staccò dai suoi compagni e cominciò a pedinarli. I due uomini parlavano e ogni tanto ridevano, agevolati dal fatto che Shulz, che si sentiva sicuro, aveva preso l'abitudine di stargli distante lungo la passeggiata. Se non fosse stato per le divise e per il fatto di trovarsi a Gozzo avrebbero potuto benissimo essere due amici a passeggio per le vie di Berlino intenti a divertirsi. Shulz fingeva di non accorgersi del chiacchiericcio sommesso dei due soldati, ma non partecipava. Qualche volta indugiava in qualche punto e la scorta aveva cura di fermarsi a qualche passo di distanza e Marco, appena poteva, ispezionava il posto per capire se avesse delle particolarità, se fosse adatto per scambiare oggetti, o messaggi. Un posto in particolare aveva attirato la sua attenzione. Shulz si era fermato a orinare su un grande albero, ma quando Marco lo ispezionò, non svelò nessun segreto. Forse era davvero solo l'albero della pipì, comunque l'avrebbe tenuto d'occhio, magari la spia era più abile del previsto a nascondere messaggi, o Shulz a prenderli, o non ne aveva lasciati quel giorno e l'avrebbe fatto in seguito. La faccenda andava approfondita. Infine, tornarono alla base e lui tornò dai suoi compagni.

«Scoperto qualcosa?» chiese Giorgio. Marco pensò che fosse una domanda rilevante. I suoi compagni erano attenti, chissà, forse si iniziavano anche a fidare di lui, ma sapeva che la risposta non avrebbe aiutato.

«Niente. Hanno solo passeggiato.»

«Cosa ti aspettavi?»

«Mi sarebbe piaciuto scoprire come si scambiano messaggi con la spia.»

«Che cosa cambierebbe?»

«Quanto meno avrei potuto pensare di scartare quelli che normalmente hanno accesso alla base.»

«Cioè due persone.»

«Purtroppo quelle persone sono particolarmente importanti per quel ragionamento.»

«Una la conosci bene.» alluse Giorgio augurandosi che fosse la sua prima scelta.

«Forse dovrei parlare con l'altra.» L'espressione di Marco non lasciò campo a dubbi: aveva deciso con chi parlare.

«Marios il fornaio.» concluse Giorgio.

«Come lo posso incontrare in maniera "fortuita"?»

«Dopo cena. Va presto a fare il pane nella caserma.»

«Ho l'impressione che stasera faremo una passeggiata.» aggiunse Marco.

La serata trascorse come la precedente. Tutti raccontarono qualcosa, soprattutto nonno Patroclo. Marco se la godette ancora una volta assaporando fino in fondo il racconto del nonno. La compagnia per scortare nonno Patroclo a casa fu sicuramente meno piacevole, ma più interessante sotto altri punti di vista. Nella prima parte della serata non incontrarono nessuno.

«Che intenzioni hai con mia figlia?» sputò di colpo Giovanni come se si fosse tolto un nodo dalla gola.

Marco fu sorpreso e ci mise un poco a capire che gli fosse stata fatta quella domanda, ma decise anche lui di affrontare la questione di petto. «Come l'hai saputo?»

«Prima la mia domanda.»

Si domandò se ci fosse qualcosa di giusto da dire, che un padre volesse sentire, ma non trovò risposta, quindi parlò d'istinto. «Tua figlia è una donna unica e io non voglio farla soffrire. Per adesso non posso promettere niente, c'è la guerra e nessuno sa per quanto andrà avanti.»

«Allora non promettere niente. Non dire niente. Voglio sperare che tu sia onesto con lei.»

«In che senso?»

«Che non esiste nessuna signora Kastriokis e che nessuno ti stia aspettando.»

«Se ci fosse, non ci sarebbe spazio per tua figlia. Il problema è un altro.»

«Dimmi.»

«Se aveste visto lo sbarco del '41, a Creta, avete avuto un assaggio di quanto sia brutale la guerra. Il problema è che questa volta, sotto attacco, ci sarete anche voi. Ti do la mia parola che cercherò di minimizzare i danni, ma spero tanto che all'indomani io non sarò diventato il nemico che vi ha portato la morte alle porte.»

L'uomo rifletté attentamente. «Ti do la mia parola che, dopo la guerra, se vorrai tornare, se Anna vorrà e ti sarai comportato come si deve, la mia casa sarà aperta per te.»

«D'accordo.»

«Ma voglio la tua che non la incoraggerai e non succederà niente prima.»

Marco comprese a fondo i motivi della richiesta e sapeva che era giusta, anche se la accolse malvolentieri, come una medicina amara. «Capisco. È giusto. Comunque, resta la mia domanda. Come l'hai saputo che c'è qualcosa tra noi?»

«Non l'ho saputo. Me lo hai detto tu adesso. Conosco mia figlia e ho capito che nessuno la fa sentire come te. Inoltre, me l'ha accennato mia moglie Maria.»

«Mi sembrava strano...» commentò Marco. «Tra quanto incontreremo quel Marios?»

«Non manca molto. Avviamoci verso casa sua.»


I due stavano passeggiando lentamente al chiaro di luna.

«Quella in fondo è casa sua rallentiamo.» Quando furono vicini, l'uomo uscì e si richiuse la porta alle spalle. «Buonasera Marios.»

«Buonasera Giovanni e...»

«Mio nipote Marco, di Creta.»

«Io sono Marios. Mi hanno parlato di lei.» disse lui stringendogli la mano con una stretta anche troppo vigorosa e sorridendogli.

«Anche di lei.»

«In cosa vi posso essere utile?»

«Mio nipote aveva bisogno di aria. Certe volte le famiglie sono... Asfissianti.»

«Lei non ha una famiglia numerosa?» chiese Marios.

«Per favore, il "lei" riserviamolo agli anziani. Dammi del tu. No. Con la guerra sono rimasto solo.»

«Mi dispiace.»

«Bella serata vero?» disse Giovanni.

«Piacevole.» rispose Marios guardando con aria interrogativa Giovanni che raramente si era trovato in quella zona a quell'ora di sera.

«Vai al lavoro?»

«Mi tocca.» rispose lui telegrafico.

«Ti accompagniamo.»

«Se volete.» rispose lui consapevole che qualsiasi risposta non avrebbe fatto differenza.

«Come ti trattano i tedeschi?» chiese Marco.

«Quindi sai che lavoro alla base. Al solito. Mi trattano come una bestia utile. In fondo sono i padroni del mondo.»

Marios cercò di cogliere qualche espressione di risposta alla sua affermazione, ma Marco era troppo scaltro per commettere errori così grossolani.

«Non sono diminuiti nella base ultimamente?»

«A giudicare dal pane che mi chiedono di fare no!» L'uomo decise di prendere il controllo della conversazione. «Veniamo al dunque. Che cosa volete?»

Giovanni tirò fuori un'espressione sorpresa. «Noi? Solo chiacchierare. Passeggiare e chiacchierare.»

L'altro si tranquillizzò. «Scusate. È che di solito non incontro nessuno. Vi prego solo di una cosa. Non voglio essere scortese, ma se quelli mi vedono con qualcuno, cominciano a fare domande. Io invece voglio solo entrare, lavorare, essere pagato e andarmene.»

«D'accordo, ci separiamo per tempo. Una cosa sola voglio chiederti. Hai visto movimento nella base?» chiese Marco.

«Io lavoro la notte. Qualche guardia in più… forse.»

Giovanni notò che si cominciava a vedere la base. «Noi cambiamo strada, così non ci vede nessuno.»

«Attenti alla ronda.» disse Marios.

«Non c'è mai stata ronda.»

«Ultimamente li ho visti uscire. Fareste meglio a tornare a casa. Potreste rischiare di mettervi nei guai.»

«Grazie, allora torniamo a casa.» disse Giovanni.

Quando Marios fu lontano, Marco afferrò delicatamente Giovani per un braccio. «Che ne pensi?»

«Un bravo ragazzo. Un po' solitario, ma un gran lavoratore.»

«È uno che potrebbe essere tanto scaltro da fare la spia?»

Giovanni ci pensò. Non aveva mai voluto considerare quella questione, ma la valutò con un occhio critico. «Sì, ma non credo che lo farebbe.»

«Perché?»

«Per due motivi: è uno di noi e non farebbe mai del male, soprattutto ad Anna.»

«È innamorato di lei?»

Giovanni attese un attimo, poi decise di parlare chiaro.

«Da sempre, ma a me non piace totalmente, troppo schivo e solitario.» Si rese conto che, in qualche modo, stava giustificandosi raccontando cose troppo personali a quello che, in fin dei conti, era un estraneo. Gli parve quasi di stare per dire: "Lui non mi piace, ma tu mi stai simpatico" e volle cambiare discorso. «Tu che ne pensi?»

Marco si guardò le spalle, accertandosi che Marios non avesse cambiato strada. Non l'aveva fatto, ma Marco si domandò se non potesse perché era esposto e lo vedevano, oppure se andava al lavoro e non gli importava nulla di pedinarli. «Attento, furbo e intelligente. Ha detto tanto, ma non ci ha detto niente di nuovo.»

Giovanni fece un verso di assenso.

# Capitolo 19 Con Anna

L'indomani Anna bussò alla vecchia casa, portando sempre formaggio e pagnotte. Quando Marco le aprì, lei lo baciò timidamente sulle labbra e lui si guardò intorno, per verificare che nessuno li vedesse. Non voleva problemi e, meno che meno, per ragioni di donne, ma si era tranquillizzato non vedendo nessuno. Dentro la questione fu del tutto diversa. Lei lo baciò appassionatamente. Lui dapprima rispose, poi la scostò delicatamente e lei lo guardò delusa.

«Perché?»

«Perché ieri ho dato la mia parola a tuo padre.»

«Quale parola?»

«Mi ha fatto promettere che non ti incoraggerò.»

Lei lo guardò con rabbia. «Tu ritieni di avermi incoraggiata? Tu ritieni che io possa essere incoraggiata?»

Avvertendo la rabbia di lei lui scelse le parole del suo discorso. «Tra qualche giorno io dovrò andare via. Questa volta sarà difficile, perché vorrei rimanere. Tuo padre sa come proteggervi sull'isola, ma la verità è che qualsiasi cosa succederà sarà mia responsabilità. Dopo... Se non mi odierai, tornerò. Te lo prometto.»

L'ultima battuta le insinuò un dubbio. «Perché dovrei odiarti?»

Lesse la rassegnazione nell'espressione di lui.

«Perché, purtroppo vedrai cosa comporterà la mia missione e non sarà piacevole.»

Tentò di avvicinarsi di nuovo, ma lui la tenne a distanza, facendola indispettire di nuovo. «Quindi tu e mio padre avete deciso per me? Senza dirmi niente? Come vi siete permessi. Io posso decidere chi mi piace e chi no e come comportarmi. Se vuoi andartene, vai. Se vuoi restare, resta.»

Non poteva lasciarla andare così, con un litigio che poteva farle pensare qualsiasi cosa. «Al diavolo.» La tirò a sé e la baciò teneramente. «Non voglio andarmene. Devo andarmene, per salvarvi.»

Lei batté i pugni sul suo petto diverse volte, ma non disse nulla e cominciò a piangere. Era diventata l'ora di andarsene perché suo padre stava arrivando, quindi lei doveva uscire, a maggior ragione dopo quello che aveva sentito.

Marco sentì un rumore, ma uscendo non vide nulla e pensò che potesse trattarsi del vento, o di qualche animale.

Giovanni, Giorgio e Pietro si presentarono puntuali. «Dove ti portiamo oggi?»

«Oggi possiamo andare altrove. Dirigiamoci verso la barca in secca. Voglio controllare che sia tutto a posto.»

L'uomo fece un grugnito grave. «Quindi ci siamo?»

«In che senso?»

«La missione è finita?»

Marco non rispose.

«Te ne vai?» chiese Pietro sorridendo.

«No Pietro. Non me ne vado, ancora.»

Pietro smise di sorridere.

«Andiamo… Le pecore attendono.» disse Giorgio. Anche quella fu una bella giornata di sole, non eccessivamente calda. Marco aveva imparato a fare qualche manovra con il gregge. Si godeva quella vita semplice, pur sapendo che si trattava solo di una parentesi perché tra qualche giorno si sarebbe scatenato un inferno che ora sembrava impossibile da immaginare. Qualcuno sarebbe morto e quella gente non lo meritava, ma in pratica, era difficile che non succedesse.

Se fosse toccato ad Anna, a Maria, o a Maddalena la prostituta?

Erano stati pochi giorni, ma qualcuno gli era entrato nel cuore più di quanto avesse voluto e Anna gli era entrata nel cuore anche più di quanto volesse ammettere. La HMS Ajax, la sua nave, chissà dov'era ora?

Arrivarono alla barca e Marco ebbe cura di non avvicinarsi troppo, in maniera da non farsi scoprire, ma riuscì a rendersi conto che non era cambiato nulla. La barca era ancora là e non mostrava nessun problema.

«Andiamo a pascolare dove volete voi.» disse soddisfatto.

# Capitolo 20 La HMS Ajax

La giornata trascorse tranquilla. Il commodoro Harwood aveva già predisposto la rotta per Gozzo. La nave aveva continuato la sua missione, ma non aveva trovato i rinforzi sperati ed era il momento di recuperare il soldato Kastriokis, o di dichiararlo morto durante la missione. Harwood s'impose di pensare alla seconda ipotesi e di decidere cosa dovesse fare in quel caso. Stabilì una finestra temporale di una notte, poi i due aerei di cui la nave era equipaggiata, avrebbero attaccato, anche senza le informazioni. La base non era eccessivamente grande, due aerei soli potevano bastare, sempre che non avessero avuto la sfortuna di essere abbattuti da qualche contraerea di cui non erano a conoscenza. Perciò avrebbe personalmente impartito l'ordine di scaricare le bombe da una quota più sicura e poi di compiere dei passaggi più ravvicinati. In fin dei conti la nave ora era equipaggiata con un Fairey Swordfish e un Walrus, due aerei, che avevano un discreto carico di bombe e mitragliatrici.

Comunque, continuavano a tentare di mettersi in contatto con qualcuno via radio, qualche base o qualche altra unità nella zona, ma al momento non avevano avuto risultato, quindi l'unica scelta che era rimasta, era di portare avanti il proprio lavoro da soli.

Harwood aveva lasciato detto di interrompere il silenzio radio per tentare un collegamento tre volte al giorno, per rischiare il meno possibile di segnalare la loro posizione e si era raccomandato di presidiare la radio. Sarebbe stato sempre meglio avere un altro appoggio, se fosse stato disponibile.

Il suo vice era già sul ponte.

«Buongiorno.» disse Harwood entrando.

Tutti i presenti sul ponte risposero. Harwood aveva dato istruzioni di abbandonare tutte le formalità inutili. Buongiorno, o il saluto, per educazione, solo una volta al giorno, per il resto del tempo voleva tutti coloro che erano in turno concentrati sul loro lavoro. Erano in guerra, dopotutto, una guerra che probabilmente stava per finire, ma pur sempre una guerra.

«Qualcosa da segnalare?»

«Tutto secondo gli ordini.» rispose prontamente il vice. «Comandante. Posso chiedere conferma della rotta?»

«In che senso?»

«Non potremmo tornare per l'altra rotta e ispezionare l'altra parte di Creta poiché non l'abbiamo fatto?»

«Supponiamo di farlo e d'incontrare un u-bot. Se veniamo affondati la base resta in piedi, giacché non abbiamo avvisato nessuno. Preferisco tornare sui nostri passi e terminare l'ispezione di Creta dopo. È più probabile che la vecchia rotta, che era libera, lo sia ancora.»

«Non ne possiamo essere certi.»

«Io penso che il comandante della base stia a tutti i costi cercando un passaggio per il continente. Se l'ha trovato speriamo di non incrociarlo. Confidiamo nella fortuna...» terminò Harwood.

«Mi scusi commodoro. Non volevo essere inopportuno.»

«La prego, niente formalità. Lo sa come la penso. Dobbiamo tutti impegnarci ed essere convinti che si stia agendo al meglio. Ha ragione lei. Se riusciremo ad avvisare qualcuno della presenza della base, procederemo con la rotta alternativa e comunque la priorità è arrivare all'appuntamento con il soldato Kastriokis.»

«Signor sì!»

«Non mi piace perdere tempo, ma la priorità è distruggere la base. Se possiamo farlo con le informazioni migliori, tanto meglio.» ripeté il commodoro.

# Capitolo 21 L'inseguimento

Marco sentì bussare alla porta. «Avanti!» Era Anna e lui pensò subito che non fosse il caso di restare con lei in casa. Sarebbe stato difficile rispettare la parola data in quelle condizioni. «Andiamo a fare una passeggiata.»

«Fa caldo fuori.»

«Preferisco così!»

«E se ci vedono?»

«Non facciamo nulla di male.»

La ragazza accettò controvoglia. Marco si chiese se fosse a causa del caldo, ma lei si era immaginata un incontro, in qualche modo, romantico. Si sarebbero abbracciati, baciati e non voleva spingere oltre la sua fervida immaginazione. In fin dei conti lui doveva essere il gentiluomo che aveva dato la sua parola. Non poteva immaginarselo mentre approfittava di lei, ma si sorprese a chiedersi se le sarebbe piaciuto e si emozionò. Non aveva mai provato quelle sensazioni per qualche giovane dell'isola, ma quello sconosciuto le ispirava pensieri nuovi. Non sapeva dire se fosse qualcosa nell'aspetto, nella maniera di comportarsi, nei modi gentili. Forse era una combinazione di cose. Decise che era meglio uscire, per non essere tentata. Sorrise. «D'accordo. Usciamo.»

Era un pomeriggio di sole e l'aria era bellissima.

«Che cosa fate di solito sull'isola?»

Anna strinse nelle spalle. «Tutta vita qui. Da ragazzi si giocava a pallone. Oggi si lavora, poi ci si vede al paese, poi si lavora e poi ci si vede al paese.»

«Giocavate a pallone? Anche tu?»

«Soprattutto io. Ero una grande attaccante.»

«Dimostramelo.» Marco le calciò una piccola pigna secca e così trascorsero una buona mezz'ora a giocare e ridere come ragazzini, poi si misero a sedere sotto a un albero.

«Parlami di te.» gli disse lei facendosi seria.

«Mi chiamo Marco Kastriokis, vengo da Creta e sono un pescatore.»

«Seriamente.»

Lui allora abbassò la voce. «Mi chiamo Marco Kastriokis, vengo dai sobborghi di Londra e sono un marine della Royal Navy.»

Lei si fece attenta. «La tua famiglia?»

«Mio padre e mia madre lavoravano in fabbrica quando la Luftwaffe iniziò la guerra bombardando fabbriche aeronautiche e altre infrastrutture, anche per annientare la volontà di resistenza della popolazione civile. Credo che i miei siano stati tra le prime vittime della guerra.»

«E ora?»

«E ora mi trovo qui, nell'isola di Gozzo a parlare con la più bella ragazza che abbia mai conosciuto.»

Lei arrossì, come al solito. «Non scherzare. Chissà quante ragazze ci sono al tuo paese.»

«Nessuna.»

«Bugiardo.»

«Nessuna come te.»

In quel momento Marco si accorse che lei era pericolosamente vicina. Troppo. Comunque, ormai era tardi. Non riuscì a evitare di baciarla. A un certo punto Marco sentì un rumore che per lui, che era addestrato, fu inequivocabile. Dall'interno del cedreto qualcuno li spiava. «C'è qualcuno!» disse scostando la ragazza e buttandosi all'inseguimento. Intravide un'ombra, ma non seppe dire altro. Sentì solo il frusciare degli alberi mentre l'ombra scappava via. Si trovava anche a una certa distanza e conosceva il terreno. Dopo un poco Marco non sentì più niente, si fermò e si guardò intorno cercando di cogliere qualche segno, ma non ci riuscì, allora pensò che chiunque fosse avrebbe potuto anche fare il giro e tornare da Anna per qualche motivo, quindi tornò indietro di corsa. Si tranquillizzò quando vide che Anna stava bene.

«Chi era?»

«Non lo so.» disse lui guardandosi intorno. Poi cercò di avere un comportamento più tranquillizzante.

«Ci spiava?» chiese lei meravigliata che potesse succedere.

«Non lo so, magari mi sono sbagliato ed era solo un animale.» disse lui mentendo per non impensierirla. Era preoccupato, ma si sforzò di nasconderlo alla ragazza. Chi li aveva spiati e perché? Ma soprattutto, visto che lui aveva detto di essere un soldato, cosa aveva sentito la spia? Suo malgrado dovette prendere una decisione dolorosa. Una volta riaccompagnata la ragazza a casa, decise di parlarci.

«Anna, devi stare attenta.»

«A cosa?»

«Non ho capito chi fosse nel bosco.» Anna ascoltò con attenzione. «Non devi venire più da me, se non è strettamente necessario. Non voglio che cammini da sola.»

«Allora non ci vedremo più?» chiese triste la ragazza.

«No! Sono sempre tuo cugino. Verrò sempre a cena da voi.» la tranquillizzò. La ragazza apparì delusa ma tranquillizzata. Si sarebbero visti, con meno frequenza, ma si doveva accontentare.

«Comunque, voglio che tu tenga gli occhi aperti. Voglio che mi avvisi per qualsiasi cosa strana che noterai.»

Il suo tono fu perentorio e la ragazza si affrettò a rassicurarlo. «D'accordo.»

«Entra ora. Ci vediamo dopo.» La ragazza chiuse gli occhi attendendo un bacio. Lui si guardò intorno, ma decise comunque di non darglielo all'aperto, per prudenza. La baciò invece amichevolmente sulla guancia. «Non qui.» le disse in un orecchio.

Tornando alla vecchia casa Marco prese una strada più lunga per potersi guardare intorno, ma non notò nulla: nessuno che rientrasse, nessuno che fosse assente, o presente nel villaggio in un orario non suo. Sia la spia, sia l'ombra dovevano essere abbastanza scaltri da non essere scoperti facilmente, magari si trattava della stessa persona, ma in mancanza di evidenza era utile pensare che potessero essere due persone diverse.

# Capitolo 22 Patroclo

La cena trascorse tranquilla. Nonno Patroclo riprese ancora il discorso della leggenda della bocca d'oro e Marco ascoltò con piacere la storia, che ogni volta si arricchiva di nuovi particolari, mentre il nonno, da abile narratore di un'unica storia, sapeva essere accattivante. «Qualcuno è tornato dalla bocca d'oro. Tanto tempo fa.»

«Nonno è solo una storia.» chiosò Anna.

«Qualcuno è tornato e ha raccontato di un posto nella bocca.»

«Papà... Con un altro poco di ouzo, nella bocca ci vivranno anche Alì Babà e i quaranta ladroni.» disse Maria. Poi il nonno si appisolò, mentre la famiglia continuava a chiacchierare. Anna non poteva fare a meno di guardare Marco e Maria faceva finta di non accorgersene, mentre Giovanni non se ne accorgeva per niente.

«Portate il nonno a casa voi che noi rimettiamo a posto.» disse Maria a Giovanni e Marco.

«Posso andare io?» si offrì Anna.

«Tu mi dai una mano.»

Anna capì che la madre voleva parlarle e immaginò anche a proposito di cosa. «D'accordo.»

«Devi dirmi qualcosa?» esordì la madre quando gli uomini uscirono e rimasero sole.

«Io? No!»

Maria si limitò a sospirare e Anna capì che non poteva sottrarsi alla domanda, ma sorrise. «Quel sorriso me lo ricordo. Sono stata ragazza anch'io, una vita fa.»

«E chi ti faceva sorridere?»

Maria capì che si trattava di un tentativo di sviare il discorso. «Tuo padre, ma anche qualcun altro.»

«Ah sì? E chi?»

«E a te chi?» Anna abbassò lo sguardo mentre sorrideva ancora. «Il bel marinaio?» Anna non rispose. «Figlia mia... Quell'uomo è straniero. Se ne andrà di qua. Non è abituato alla vita dell'isola e l'isola, se non ci nasci, ti sta stretta.» Anna non rise più. «Perché non ti scegli un giovanotto dell'isola. Tanti sono innamorati di te.»

«Perché non sono io a scegliere mamma.»

La donna la guardò con compassione, ma la giovane che era stata e che ancora c'era dentro di lei le suggeriva che non poteva fare assolutamente nulla per la figlia e doveva accettare la situazione, quindi non disse nulla.

# Capitolo 23 Gentiluomo

«Ci sono novità?» esordì Giovanni dopo che ebbero portato a casa il nonno.

«Qualcuno mi sorveglia. Ho bisogno che tu e Giorgio teniate gli occhi aperti.»

«E che dobbiamo fare?»

«Niente! Solo capire chi potrebbe essere e perché.»

L'uomo fece un verso grave. Arrivarono alla casa di Giovanni. «Ti passiamo a prendere per il pascolo?»

«Vengo io.» disse Marco prima di allontanarsi.

Per strada incontrò Maddalena la prostituta e, osservandola bene, vide che stentava a camminare dritta perché era ubriaca. «Buonasera.»

«Buonasera.» disse lei con la voce vagamente impastata dall'alcol.

«Bella serata.»

Lei si fermò. «Sì, bella serata.» Sospirò. «Bellissima serata.» aggiunse malinconica.

«Andiamo, ti riaccompagno a casa.»

«Non ce n'è bisogno.» La donna lo superò e lo guardò. Nella sua mente si sentì giudicata, magari compatita, questo le fece scattare una molla di rabbia dentro. «Non mi guardare!

Non ho bisogno di nessuno! Nessuno di voi.» Si appoggiò su un muro e vomitò per l'agitazione, ma Marco non si mosse. «Non mi guardare! Vai via!» Lui non la ascoltò. La prese sottobraccio e cominciarono a camminare verso casa. «Quel porco, lo vedo ogni giorno, ma lui non sa che io so.» Marco non diede corda alle cose che la donna diceva, attribuendole al suo stato e all'alcool. «Il porco, io l'ho visto.» I suoi occhi si erano spalancati in uno sguardo da pazza. «Ha ammazzato Cassandra, il mio amore, la mia amica, il 13 marzo del 1942, alla casa.»

«Non dire queste cose. Torniamo a casa ora.» disse Marco cominciando a intuire che la donna stesse veramente dicendo qualcosa di vero, importante e magari compromettente.

«Sono diventata la puttana dei tedeschi. Sono brava sai? Mi nascondo. Sorrido. Solo per ammazzare il porco.»

«Non dire così.» Marco capì che Maddalena in quello stato fosse pericolosa. Qualcuno poteva sentire. La portò a casa velocemente, cercando di non farle dire cose fuori luogo, ma soprattutto fece attenzione che non la sentisse nessuno. La donna vomitò di nuovo prima di entrare, poi si nascose per fare pipì e, appena finito, aveva già un'espressione diversa.

«Facciamoci una sigaretta. Non mi lasciare sola.»

«Come ti senti?»

«Meglio.» Aveva recuperato una parte della sua lucidità. «La vita è cattiva, ma ho visto di peggio.» disse facendo spallucce. Si fumarono le loro sigarette.

«Chi è il porco?» esordì Marco.

«Non dovevo parlare troppo.» disse la donna facendo un gesto di rabbia, spegnendo la sua sigaretta prima di entrare in casa.

«Non ti preoccupare. Io non ho sentito niente.»

La donna lo guardò come se vedesse qualcosa di raro e lo vedesse per la prima volta. «Tu, Marco Kastriokis, sei un gentiluomo. Uno dei pochi rimasti.» disse prima di crollare sul letto. «Te ne renderò merito.» aggiunse con voce incomprensibile prima di cadere in un sonno profondo.

Marco si domandò se avesse capito bene prima di chiudere la porta per tornare a casa sua. «Te ne renderò merito.» aveva detto.

# Capitolo 24 La cattura di Marco

La spia non aveva altro pensiero che togliere di mezzo quell'uomo, per gelosia. Era sempre stato innamorato di Anna e quell'uomo era venuto a portarla via. Non era possibile. Aveva sempre evitato di incontrare il comandante Shulz durante le sue passeggiate, ma adesso voleva incontrarlo. Shulz passeggiava con la sua solita scorta.

«Comandante Shulz. Posso parlarle?» Un soldato lo bloccò. «Appena puoi riferisci al comandante che nella vecchia casa abita un uomo che si spaccia per pescatore, ma è della marina militare britannica.»

Shulz si era allontanato, ma aveva sentito e, siccome l'informazione era importante, si abbassò a darle attenzione. «Quale nave?»

«Non lo so.»

«A che serve una mezza informazione? Dimmi di più e ti ricompenseremo.» disse allontanandosi di nuovo. «Bastardo, minorato.» commentò Shulz appena l'uomo si allontanò.

«Prego signore?»

«Ora vada a prenderlo, ma quando torna lei, in persona, mi spiegherà come mai una spia, senza nessuna preparazione militare, un bastardo minorato, riesce ad avere più informazioni di lei e soprattutto prima di lei.»

Naturalmente Shulz aveva frequentato la scuola di guerra e sapeva che una spia capace ha sempre le informazioni prima di tutti, ma non perdeva mai l'occasione di tirare la corda con i sottoposti.

Marco era stato buttato giù dal letto da due soldati che lo avevano portato alla base e lo avevano chiuso in una stanza. Il comandante Shulz arrivò dopo alcune ore, circa all'ora di pranzo, e non era del tutto amichevole. «Allora signor Kastriokis mi ripete ancora com'è arrivato a Gozzo?»

«Via mare, da Creta, con la mia barca.»

Shulz aveva acceso una sigaretta e ne aveva offerta una a Marco, che accettò.

«Vorrei che mi spiegasse una cosa. La sua barca è affondata?»

«Un guasto.»

«Abbiamo trovato una barca in secca. L'abbiamo sorvegliata, per vedere se arrivava qualcuno e non è successo. Lei che ne pensa?»

«Non saprei.»

«Vede? Se fosse di qualcuno, probabilmente, sarebbe tornato a controllarla, ma non è ancora successo.»

«Forse deve farlo in seguito.» gli diede corda Marco.

«È questo il punto. Forse deve servire in seguito, ma quando succederà, potrebbe essere tardi per noi.»

«Io cosa c'entro?»

«Vede, io passeggio. Qualcuno pensa che sia un passatempo. Invece guardo, osservo. Dopo tanto tempo, posso quasi dire che l'isola non ha segreti.» Marco si fece attento. «L'unico che ancora ha segreti è lei: è straniero, arriva proprio adesso che ci stiamo ritirando e parla Greco, con un accento che non mi pare proprio quello di Creta.»

«Non ho sempre vissuto a Creta.»

«Mi vuole fare credere che un semplice pescatore sia vissuto all'estero?»

Doveva trovare una risposta convincente. «Il pesce. Lo dovevamo anche vendere. Andavamo in tutta Creta, spesso anche nel continente.»

Shulz valutò in silenzio la risposta, ma non disse nulla. Quel discorso non gli interessava. «Ho una proposta per lei. Vede, per torturare un uomo ne deve valere la pena. Deve essere qualcuno determinato, deve resistere e le informazioni devono essere importanti. Lei non può avere informazioni importanti. Mi può solo dire quando arriverà la nave. Io posso solo evacuare un giorno prima.»

Marco sapeva che il fatto che parlasse dell'arrivo della nave poteva essere solo una conseguenza logica del ragionamento che Shulz, che non era stupido, stava seguendo. Forse stava bluffando, comunque le informazioni importanti non erano solo quelle sull'attacco. Una nave sola, con due aerei significava che il grosso delle forze nemiche poteva non essere vicino. Si poteva decidere di restare e combattere e mantenere la posizione. No, la notizia importante non era solo l'attacco in sé, ma anche quante fossero le forze dell'attacco, se si potesse resistere e Shulz lui non ne sapeva niente. Se avesse saputo questa cosa la vita di Marco non sarebbe valsa niente. «Comandante, lei mi dà un'importanza che non ho. Sono un pescatore di Creta. Cosa ne so di attacchi e di navi?»

Shulz lo guardò con uno sguardo indagatore e attese per un attimo interminabile. «Non ti credo!» Si avvicinò continuando a fissarlo negli occhi. «Non ti credo per niente. Perché non mi vuoi aiutare a risparmiare vite? Perché vuoi perdere tempo? Ti dirò una cosa. Sono stato a Sonnenberg. Sai che posto è?»

«Non so.»

«È l'inferno sulla terra. Il nostro migliore campo di tortura. Sai cosa c'è scritto a Sonnenberg? Voi maiali comunisti! Tenete le vostre sporche teste su! Tra un'ora mi avrai detto ciò che voglio o sarai morto. Credimi... Non lo sai quanto è lunga un'ora.»

I suoi occhi somigliavano a quelli di un serpente che guarda la preda. Marco contò mentalmente i giorni, ne mancavano due all'attacco, oppure doveva fuggire prima, ma sarebbe stato complicato. Sapeva anche che se avesse parlato la sua vita non sarebbe valsa più niente, quindi aveva una sola scelta: Resistere due giorni. Poi si sarebbe trovato in una stanza chiusa, al centro dell'attacco, un altro problema di non poco conto. Come avrebbe fatto a sopravvivere all'inferno che si sarebbe scatenato?

«Legatelo e bendatelo!» tuonò Shulz continuando a guardarlo con il suo sguardo freddo, da serpe. «Voglio darti ancora un'ora, per pensare. Poi cominciamo. Voglio anche dirti a cosa pensare. Sappiamo che ti ha portato una nave. Non sappiamo qual è la nave e non sappiamo quando tornerà, ma so una cosa: Non l'hai detto a nessuno.»

Shulz uscì lasciando i due soldati di guardia mentre Marco faceva mente locale. Doveva ricordare tutti i momenti in cui aveva parlato della nave, perché la cosa più evidente era che ne aveva parlato ad Anna e alla sua famiglia, a Giorgio e Pietro, a loro aveva detto il nome della nave e anche quando doveva tornare. Shulz invece non lo sapeva. L'unica volta che aveva detto di essere un marinaio era quando aveva seguito l'ombra nel bosco, ma non aveva detto il nome della nave. Allora chi era la spia? Shulz aveva detto che nessuno sapeva quando doveva tornare la nave, ma non era vero. Giorgio e Giovanni sapevano. L'unico che non lo aveva sentito era Pietro, perché non era presente, ma era poco sveglio. Se era lui la spia, qualcuno lo incontrava e riusciva a carpirgli le informazioni. Era possibile? Giorgio non se ne era mai accorto se il figlio era circuito? Oppure, l'ultima possibilità, era che si trattasse di qualcuno con un talento innato nel passare inosservato. Ma chi?

# Capitolo 25 Anna e Maddalena

Anna vide la porta della vecchia casa spalancata. Era strano. Si preoccupò, quindi non ci pensò un attimo a infrangere la promessa di restare a casa. Andò a vedere e non notò nulla di strano, ma il presentimento che fosse successo qualcosa non la abbandonò. Raggiunse il padre al pascolo, mettendoci alcune, ma Marco non era neanche con loro. Perlustrò la restante parte dell'isola senza trovarlo. A quel punto pensò al peggio. Si avvicinò alla base, sperando di riuscire a vedere qualcosa, ma non vide niente. Intanto le ore passarono. Dopo pranzo decise che l'unica che poteva darle qualche risposta era Maddalena e la andò a trovare. Bussò alla porta e, dopo un tempo interminabile, lei aprì.

«Posso entrare?» chiese entrando di corsa, senza dare peso alla faccia sorpresa della donna.

«Prego.» Maddalena aveva immaginato che ci potesse essere un grave motivo a causare quella visita e attese in silenzio che Anna trovasse le parole per parlare.

Dal canto suo lei stava già studiando cosa dire, ma decise che non c'era un modo per avere informazioni e restare nascosti. Comunque, era più importante sapere. «Marco è sparito.»

«Ah.» disse la donna che già si aspettava che le fosse chiesto qualcosa, ma non volle ancora esporsi.

«Ti prego, aiutalo.»

«E secondo te, cosa posso fare?»

«Dimmi se lo tengono loro!»

«Piccola Anna ci vuole tempo per scoprire le cose. Gli uomini parlano a letto, ma dicono quello che vogliono loro. Fare domande può essere pericoloso.»

«Ti prego.» Anna cominciò a piangere.

La donna si arrabbiò. «Chi credi che io sia? Sono il suo giocattolo! Il suo scaldaletto! Una mossa falsa e sono morta!»

«Ti prego.»

«Vai via. Non ti posso aiutare.» Maddalena cercò di sembrare risoluta e glaciale mentre spalancava la porta di casa invitando la ragazza a uscire, ma quando Anna le passò davanti lesse la disperazione nei suoi occhi. «Non ti prometto nulla.»

«Grazie.»

Maddalena e Hans Kepfel avevano finito di fare sesso e lui la cominciò ad accarezzare. Quello era uno dei momenti in cui lui si rilassava e in quegli istanti, che somigliavano alla complicità e alla tenerezza, lei arrivava a pensare a lui quasi come a un essere umano, come stava succedendo in quell'istante, ma poi si ricordò di avere una missione e quello era il momento per portarla a termine. «Lo straniero non si trova al villaggio.»

«Ah sì? E cosa te ne frega?»

Lei sorrise. «A me? Niente. I paesani sono nervosi per questa sparizione.»

«Se ti infastidiscono o chiedono qualcosa, fammelo sapere e ti farò rispettare.»

«È già così. Finché ci siete voi nessuno mi manca di rispetto.»

«E allora? Cosa t'importa di un bifolco che sparisce?»

«Hai ragione. Io volevo tenerlo sotto controllo per te. Mi stavo divertendo. Quel ragazzo era strano... Non mi piaceva.»

Kepfel prestò molta attenzione al discorso della donna. «Ricordati che tu sei la mia donna e basta!»

Lei si rese conto che forse aveva esagerato. Lo accarezzò. «Lo so. Lo sanno tutti.» Dopo un poco tornò alla carica, prendendo apparentemente un altro argomento. «Oggi il tuo vice non ha fatto la sua passeggiata.»

«Ti interessi di lui ora?»

«Diciamo che ci tengo a sapere dove sta.»

«In questo momento non mi interessa né lui, né il paesano.» La tirò a sé infastidito. Prima di finire la frase l'aveva già buttata sul letto dove fecero sesso di nuovo, senza costringerla. Lui non l'aveva mai costretta e lei, in fondo, aveva capito questo senso di considerazione che aveva nei suoi riguardi. Era volitivo, senza essere coercitivo e mai violento. Alla fine, lei si rivestì e uscì, ma fece un percorso un poco più lungo nel campo. Aveva una discreta idea della disposizione degli edifici e si era resa conto che Marco poteva essere solo in due di essi. Una volta arrivata alla baracca che aveva pensato cominciò a sentire dei colpi e delle voci. A quel punto ebbe la certezza che qualcuno veniva picchiato e che Shulz fosse presente. Shulz uscì, ma si diresse dalla parte opposta, girò l'angolo per fare pipì e non la vide perché Maddalena si era nascosta. Attraverso la porta semichiusa lei tentò di guardare nella baracca ma non ci riuscì e neanche le voci che provenivano dall'interno le furono di aiuto. Anche se poteva solo immaginare la situazione non doveva comunque fermarsi a lungo per non essere vista e si avviò verso casa, mentre l'uomo rientrava nella baracca e

Kepfel osservava la scena da una finestra. Dopo pochi minuti raggiunse Maddalena. «Cosa stai facendo?» Si era infilato solo un pantalone e le era corso dietro. Lei osservò che si era vestito in fretta e pensò che non si sarebbe mai mostrato in pubblico in disordine se non fosse stato urgente.

«Ho sentito dei rumori e credevo che fosse il ragazzo del villaggio che è sparito.»

«Cosa ti fa pensare che possa essere proprio qua?»

«Ho solo sentito dei rumori. C'è lui là dentro?» chiese lei lasciando chiaramente intendere quale risposta si aspettasse.

Kepfel ebbe la certezza che la donna avesse qualche sospetto. Da soldato sapeva che non avrebbe dovuto lasciarla agire, ma voleva rendersi conto fino a che punto lei si sarebbe spinta e, nel caso, si sarebbe dovuto comportare di conseguenza. A malincuore le propose una scelta. «Allora entra e accertati.»

Lei ebbe la chiara sensazione di trovarsi davanti a una scelta che non riguardasse la semplice apertura di una porta. Se fosse entrata e avesse visto qualcosa che non doveva vedere probabilmente non avrebbe potuto fare ritorno al villaggio. Magari sarebbe stata confinata negli alloggi del comandante, ma sarebbe restata prigioniera.

Kepfel la guardò con uno sguardo impenetrabile, di ferro. «Torna a casa, Maddalena. Resta fuori da faccende che non ti riguardano. Non mi costringere a prendere provvedimenti contro di te.»

Lei non disse nulla e si avviò verso casa.


Anna attese Maddalena vicino alla sua casa. Maddalena la vide da lontano e si affrettò a decidere cosa le avrebbe detto e soprattutto come le avrebbe parlato.

«Allora: L'hai visto?»

«Non sono riuscita a vederlo.»

«Ma sta alla base?»

«Credo di sì.»

«Che significa credo di sì? Sta là, o no?»

La stava afferrando per un braccio. Era un gesto istintivo e Maddalena, che l'aveva capito, decise di non tenerla sulle spine. «Sì... Sta là.»

Ci aveva ragionato lungo la strada e si era convinta che non poteva essere altrimenti. Anna si sentì crollare il mondo addosso e, nei suoi occhi, questa sensazione si vedeva in tutta la sua disperazione. «Sta bene?»

«Non lo so! Non l'ho visto.»

Anna la lasciò. «Che gli stanno facendo?»

Maddalena la abbracciò e lei cominciò a piangere. «Non ti preoccupare. È forte. Se so qualcos altro, ti faccio sapere.»

«Domani mi farai sapere, ma chissà in che stato sarà. Magari sarà morto.»

Maddalena era una donna indurita dalla vita, ma non era una dura come avrebbe desiderato essere e, in fin dei conti, lo sapeva. Si pentì immediatamente di essersi cacciata in quella faccenda, poi si pentì di essersi pentita. Si era sottratta dalla presenza di Anna. Non sopportava quel tipo di dolore. Solo un'ultima debolezza si era concessa. Sulla porta di casa l'aveva guardata notando quanto fosse disperata e preoccupata e lei non se ne era accorta, ma non le aveva detto nulla. Anna provò l'impulso di precipitarsi alla base, poi pensò che i suoi l'avrebbero cercata e potevano succedere guai. L'indomani ci sarebbe andata. Non aveva una chiara idea di cosa avrebbe potuto fare, ma il suo uomo era là e lei doveva essergli vicina, per quanto poteva.

Giovanni e Maria si erano chiesti cosa fosse successo a Marco, perché non si fosse visto, ma in fin dei conti, era un soldato e probabilmente stava preparando la sua missione. Giovanni pensò che si potesse già essere allontanato dall'isola. Avrebbe preferito essere avvisato, ma chissà quali obblighi aveva, come soldato. Magari era così che doveva essere. Doveva sparire e basta. Senza dire niente.

Anna andò a letto. Nessuno aveva detto niente, ma quella notte tanti non dormirono, per preoccupazioni diverse.

L'indomani Anna si precipitò alla vecchia casa, sperando di trovare Marco. Quando entrò ebbe l'irrazionale certezza che Marco non fosse rientrato, uscì dalla casa con un pessimo presentimento che la portò a raggiungere la base dove si appostò in un posto nascosto e cominciò a piangere al pensiero di quanto probabilmente stava succedendo. Giorgio e Giovanni la trovarono in quello stato.

«Cosa è successo?» chiese Giovanni.

«Marco è nella base. L'hanno catturato.» riuscì a dire lei.

«Sei sicura che non sia rientrato?»

«È là dentro. Me l'ha detto Maddalena!»

Giovanni la abbracciò per consolarla, senza riuscirci, poi pensò che Marios potesse dargli informazioni. Era pericoloso chiederle, ma la figlia era in uno stato pessimo e lui avrebbe fatto di tutto per aiutarla. «Dobbiamo chiedere a Marios.»

Anna capì che il padre era pronto a cacciarsi nei guai, quindi smise di piangere. «Meglio di no.»

«Me ne occupo io. Non voglio vederti così.»

«Non voglio! È pericoloso!»

«D'accordo non ci vado.» mentì Giovanni. «Torniamo a casa ora. La mamma si preoccuperà.»

Anna si lasciò trascinare via e si sforzò di sorridere per tranquillizzare il padre, ma i suoi occhi non ridevano per niente. Giovanni si convinse che doveva assolutamente parlare con Marios.

Marios sentì bussare alla porta, poi sentì le pecore. Pensò subito che dovesse essere successo qualcosa di grave, perché tutti sapevano che a quell'ora lui dormiva.

«Non troviamo mio nipote.» esordì Giovanni.

«E che volete da me?»

Giovanni era solo, ma Marios era certo che si fosse consigliato con la sua famiglia prima di parlare con lui. «È giovane. Non conosce l'isola. Si potrebbe essere cacciato nei guai.»

«Perlustriamo l'isola allora.»

«Si potrebbe essere cacciato nei guai con i tedeschi.»

«Ah.» commentò Marios cambiando radicalmente espressione. «Ti rendi conto di cosa mi chiedi vecchio? Se quelli mi vedono curiosare troppo mi ammazzano.»

«Non sia mai. Voglio solo che tu tenga le orecchie aperte.»

Marios sospirò. «Ho qualche amico. M'informo. Stasera vengo a trovarvi a casa.»

«Grazie! Ti ringrazia anche Maria!»

L'uomo abbassò lo sguardo. «Se non ci aiutiamo noi... Ora vai vecchio, altrimenti non dormo più.»

«Grazie! Grazie!» disse Giovanni, con gli occhi lucidi, senza riuscire e staccare la presa delle sue mani su quelle del giovane.

Kepfel entrò nella stanza e momentaneamente le torture terminarono. «Ha detto niente?»

Shulz si esibì nel suo impeccabile saluto e lo stesso fecero i soldati, ma Kepfel ebbe la chiara impressione che fosse infastidito dall'interruzione.

«Niente, comandante.»

«L'informazione è sicura?» Kepfel guardò Marco, che aveva subito un pesante pestaggio.

«Assolutamente!»

«Lo voglio di fronte al tavolo!»

«Nel suo ufficio?»

«No, qui!» Marco fu preso di peso con la sedia su cui era legato e fu messo vicino al tavolo. «Sbendatelo!» Kepfel attese che l'ordine fosse eseguito. «Fatelo bere.» Marco sorseggiò l'acqua evitando che gli andasse di traverso e sputò del sangue mentre Kepfel lo guardava dritto negli occhi reggendosi le mani. Sembrava quasi che stesse pregando, tranne che con lo sguardo, che era freddo e risoluto. «Kastriokis. Non so se si chiama davvero così, ma le voglio dire quello che sappiamo. Sappiamo che siamo stati individuati. Sappiamo che la nave tornerà, non sappiamo quando e non sappiamo quanti aerei verranno. Lei sta qui a tenersi delle informazioni che, probabilmente, tra qualche ora, non varranno nulla.»

«Io sono un pescatore di Creta.»

Kepfel diventò accondiscendente. «No, no, no. Ora le dico cosa voglio. Noi ci stiamo ritirando! Voglio sapere se posso terminare l'evacuazione e portare i miei uomini in salvo, oppure se devo prepararmi a combattere! Io sono un uomo pratico. Ho una proposta. Se lei mi comunicasse le informazioni la sua vita non varrebbe niente e ho l'impressione che lei lo sappia, ma se salvassi tante vite, compresa la mia, saprei essere riconoscente.»

«Cosa mi sta dicendo in concreto?»

«Che lei non avrebbe più importanza: vivo, o morto.»

«Non capisco ancora.»

«Se lo dicessi io, lei sarebbe vivo e magari libero.»

Per un attimo Marco si chiese se davvero potesse barattare le informazioni con la sua liberazione. Non lo fece per vigliaccheria. Pensò veramente se ci fosse la possibilità di salvare tante vite, comprese quelle dei soldati nemici. Guardò Kepfel e pensò che fosse molto più di una possibilità, ma guardò Shulz e vide lo sguardo di un assassino. Senza le sue informazioni la sua vita non valeva niente e la decisione fu inevitabile.

«Io non le so dire niente.» In un certo senso non aveva mentito. Kepfel sospirò e si alzò.

«Lei non mi lascia scelta. Mi creda. Anche per noi è questione urgente.» Lentamente uscì dalla stanza lasciandolo al suo destino.

Marios si sedette a tavola. Nonno Patroclo era stato accompagnato a casa frettolosamente.

«Allora?» disse Anna cercando di non sembrare impaziente.

«Alla base non l'ho visto.»

Anna rimase delusa.

«Che vuol dire?» chiese Maria.

«Non lo so. Siete sicuri che stia alla base? Come fate a dire che sta là?»

«Abbiamo perlustrato l'isola e non lo abbiamo trovato.» intervenne Giovanni prima che parlassero le donne. «Quindi abbiamo pensato che fosse stato preso per qualche motivo. E i tuoi amici di cui mi parlavi?»

«I soldati della distribuzione del pane non sapevano niente.»

«E quindi?» chiese Maria.

«E quindi o non c'è mai stato, o non c'è più.»

Anna si fece decisa. «Dimmelo chiaro. Che vuoi dire?»

«Se l'hanno preso, volevano qualcosa e se hanno avuto quello che volevano, non gli serve più.»

«E quindi?» disse Maria.

«Potrebbe essere già morto. Magari ha parlato e l'hanno fatto fuori.»

«Ma è un pescatore. Di cosa deve parlare?» Anna cercò di controllarsi.

«Sotto le torture alcuni confessano anche cose che non hanno fatto.» commentò Marios. Maria si portò le mani alla bocca, mentre Anna trattenne il pianto e Marios apparì mortificato. «Mi dispiace di non potere fare di più.»

«Hai fatto ciò che potevi.» gli disse Giovanni mentre lo accompagnava alla porta. Mentre l'uomo richiudeva la porta alle sue spalle Giovanni fece cenno alle donne di non parlare. Poi si assicurò che Marios si allontanasse.

«Non può essere morto!» disse Anna scoppiando finalmente a piangere.

Giovanni pensò alla conversazione che avevano avuto con Marios. «Anna ascoltami. Marios non ci è stato utile. Quindi non lo coinvolgeremo più!»

«Ma se avrà delle informazioni?»

«Se le avrà, sa che le stiamo cercando e sarà lui a darcele.»

«Dovremmo chiedergliele noi invece!»

«Secondo me non ci sta dicendo la verità! Non mi fido!» sbottò Giovanni.

L'indomani Anna non riuscì a stare lontana dalla base. Aveva paura, ma inconsciamente, aveva anche voglia di farsi catturare. Per vedere il suo uomo era pronta a tutto. Non le importava e nonostante capisse che era una cosa oltremodo pericolosa, non poteva sopportare la disperazione che la attanagliava.

# Capitolo 26 L'attacco

Qualcuno bussò alla porta. Shulz si avvicinò e un soldato gli disse qualcosa, che Marco non riuscì a sentire.

«Portatemela!» Shulz lasciò la porta aperta, ma non fu una dimenticanza. Sbendò Marco perché voleva cogliere tutte le espressioni che avesse fatto al momento dell'ingresso di Anna. La donna fu lasciata sull'uscio. «Entri!» intimò Shulz. Marco non tradì alcuna espressione, perché era bravo, era addestrato e sapeva che anche un'espressione era questione di vita e di morte. Anna invece non era addestrata, ma la paura ebbe il sopravvento su di lei, bloccandola. «A questo punto cerchiamo di capire la situazione.» disse Shulz spostando continuamente lo sguardo tra i due. «Si sieda!» Anna obbedì. «La giovane Anna. Che ci fa intorno alla base?» Anna non rispose intuendo che si trattasse più di un ragionamento fatto tra sé e sé, che di un'effettiva domanda. Intanto Shulz passeggiava ripetutamente attorno al tavolo passando dietro ai due. Quando passava dietro alla donna estraeva la pistola. La donna non lo vedeva, ma si assicurava che Marco lo vedesse bene, poi nascondeva disinvoltamente la pistola sotto al tavolo e faceva la stessa mossa dietro Marco. Infine, si fermò in mezzo al tavolo dal lato lungo, sempre guardando alternativamente lei e lui. «Ci sono. È una questione d'amore. Ma è solo lei che ama lui oppure anche lui ama lei?» Appoggiò la pistola in mezzo al tavolo. «Legate anche lei e bendateli!» Si avvicinò alla porta ed esplose un colpo in aria. Anna urlò di paura. «Brutto rumore vero? Immaginate di sentire anche il dolore, la prossima volta. Allora Kastriokis. La nave!»

Il commodoro Harwood aveva fatto approdare la nave nel punto convenuto. Mancava ancora più di un'ora all'appuntamento con il marinaio Kastriokis, poi avrebbe dovuto cominciare a pensare che il marinaio non sarebbe venuto. Bisognava attendere. Il vice bussò alla porta.

«Avanti.»

«Abbiamo recuperato un'imbarcazione.»

«Bene!» disse il commodoro abbandonando la sua branda.

«C'è un problema.»

«Cioè?»

«Non è il marinaio Kastriokis.»

«E chi diavolo si trova in mare a quest'ora?»

«Un paesano!»

«Dov'è?» Il commodoro imprecò.

«Vicino alla sua barca. Vicino all'argano.»

Il commodoro uscì correndo. «Chi diavolo è lei?»

«Marcos Kastro.»

«Che ci fa qua?»

«Il marinaio Kastriokis è stato catturato, ma io ho le informazioni che vi servono.»

«E come possiamo fidarci di lei?»

«Non potete essere certi. Kastriokis è stato catturato. I miei figli e mia moglie sono sull'isola. Voglio solo evitare un attacco alla cieca. Voglio comunicarvi le informazioni per un attacco a bassa quota.»

Il commodoro si mise a pensare. «Secondo! Lei cosa ne pensa?»

«Io non mi fiderei. Arriviamo a bassa quota e ci troviamo di fronte i cannoni.»

«Si aspetteranno che vi nascondiate dietro i monti. Dovete tenere i monti a destra. Non di fronte. Volate a filo d'acqua e non uscite da sopra le montagne. Questo ha detto Kastriokis.» Fece un movimento. I soldati che erano con loro imbracciarono le armi. «Piano! Ho una mappa. Ora la tiro fuori.»

«Lentamente!» disse il secondo.

«Sono stato perquisito! Non ho armi.» Tirò fuori un pezzo di carta con la mappa della base. «Qui troverete i dettagli della base.»

«Il soldato Kastriokis rischia la corte marziale per avere coinvolto un civile.»

«Kastriokis potrebbe essere morto. Prima di venire mi sono avvicinato alla base e ho sentito ancora le sue grida in questo edificio.» disse indicando una costruzione sulla mappa e sperò che bastasse per evitare qualche bomba su quell'edificio, senza dover spiegare altro «ma sono passate ore. Io voglio solo salvare la mia gente e la mia famiglia! Se mi crede, bene. Altrimenti li avrà sulla coscienza.»

Il commodoro Harwood. Lo squadrò da capo a fondo, poi decise che probabilmente quell'uomo aveva detto la verità. «Lei resta sulla nave. Se qualcosa va storto, la giustizierò personalmente.»

«Va bene. Immagino che sia ragionevole.»

«In isolamento subito!» ordinò il comandante prima di dirigersi verso il ponte della nave. «Consideriamo che le informazioni siano buone e facciamo come dice!» tuonò verso il secondo. «Se non sono buone, dovremo batterli sul tempo. Attaccheremo all'alba. Da bassa quota. Si raccomandi ai piloti. Gli mostri gli obiettivi. Rapidi. Poi tornino subito a casa.»

«Evitiamo di colpire l'edificio dove tengono Kastriokis?»

Il commodoro esitò un attimo, poi decise. «Colpiamo tutto! Non sappiamo se Kastriokis è là, comunque probabilmente, sarà morto.»

«Sissignore.»

Marcos Kastro fu messo agli arresti, in isolamento, ma quello che aveva sentito lo rallegrò molto. L'attacco sarebbe stato a bassa quota. Le probabilità che Kastri ne uscisse indenne diventavano moltissime. Era contento, anche se non era più sicuro che Kastriokis si sarebbe salvato.

Marco decise che fosse ora di reagire. I soldati si erano fermati concedendogli un attimo di sollievo. Aveva studiato i legacci toccandoli ed erano solidi, quindi avrebbe avuto bisogno di tempo per liberarsi, ma non era una cosa impossibile e il fatto di essere bendati non era una grossa limitazione.

«Anna?»

«Si?»

«Dobbiamo resistere. Se parlo, siamo morti.»

«Ma la nave arriva?»

«Perdonami! Se parlo, siamo morti! Comunque, la nave arriva presto.»

Marco era preoccupato. La nave sarebbe arrivata quella notte, ma senza informazioni l'attacco sarebbe avvenuto alla cieca e lui sapeva che non avrebbero avuto occasione di scappare se non all'inizio delle ostilità e tra una pioggia di bombe e proiettili.

«E i miei che faranno?»

«Anna loro sanno cosa fare. Gli ho parlato.»

Shulz stava ascoltando da fuori ed ebbe uno scatto di rabbia quando capì che non avrebbero detto altro.

«Voglio la flakvierling disimballata subito. Con le scudature montate.»

La flakvierling era la mitragliatrice antiaerea.

«Dove la puntiamo?» chiese un soldato.

«Verso i monti! Si faranno scudo dei monti!»

Avrebbe pagato cara quella scelta. Giovanni quella notte non dormì. Anche le notti prima si era alzato prima dell'alba, ma quella notte l'aveva impiegata a cercare Anna. Un cane per strada ululò, poi scappò via. Giorgio era con lui. Quando videro quella scena, immediatamente, si ricordarono delle istruzioni che avevano avuto da Marco. Era arrivato il momento di far fuggire la gente. Non fu necessario dirsi nulla. La prima casa a cui bussarono fu quella di Marios.

«Stiamo per essere attaccati. Dobbiamo andare ai cedreti.»

Marios lo guardò. «Cosa dici vecchio?»

«Ai cedreti!»

«Anna!» urlò lui.

«Tu lo sai dov'è?» disse Giovanni. L'uomo cercò di scappare verso la base. Giovanni lo trattenne. Poi comprese. «Tu sei la spia! Dov'è Anna?»

Marios lo guardò spaventato. Era stato scoperto. «Stamattina l'ho vista alla base. Lasciami vecchio! Devo avvisare i tedeschi! Devo salvare Anna!» Lo strattonò e corse verso la base.

«Traditore! Vigliacco!» gli urlò dietro Giovanni. Poi si ricordò che doveva avvisare gli altri. Anche Anna passò in secondo ordine perché la gente poteva morire. «Arrivano gli inglesi. Tutti ai cedreti!»

Giorgio istruì Pietro prima che andasse in confusione.

«Corri ai cedreti. Avvisa tutti quelli che incontrerai per strada. Bussa a tutte le case, ma non ti fermare. Hai capito?»

«Sì, papà.»

Giorgio e Pietro si diressero in direzioni diverse. In poco tempo tutti furono fuori dalle case e raggiunsero i cedreti. Un silenzio surreale invase l'aria. Poi si sentì un rombo leggero. Giovanni aveva interrotto la ricerca di Anna per portare Maria e Patroclo nel bosco. Quando realizzò che la gente era salva si mise a chiedere a tutti di Anna, nella speranza di essersi sbagliato, fino a che non dovette essere costretto ad ammettere che non c'era. Anche Maddalena la prostituta non c'era, per ragioni che si potevano immaginare. Alla fine, Giovanni si buttò in ginocchio e pianse disperato. Avevano salvato tutti, ma Anna non c'era.

Maddalena si era svegliata e stava guardando fuori dalla finestra, mentre Kepfel ancora dormiva. Vide i soldati agitarsi indicando l'orizzonte, poi sentì all'esterno un vociare concitato. Si vestì velocemente, si affacciò di nuovo constatando che la ressa, era ancora aumentata, mentre la sirena antiaerea iniziava il solito suono che sapeva di allarme e morte. Il suo istinto le suggerì che il suo momento era arrivato: Poteva uccidere «il porco», ma doveva fare in fretta. Impugnò la pistola di Kepfel prendendola dal cassetto del comodino e gliela puntò addosso. Lui dormiva profondamente, poiché i muri del suo alloggio concedevano poco al frastuono dell'esterno. Lei tirò un sospiro profondo, ma alla fine non sparò. Kepfel l'aveva sempre trattata bene. Come una donna. La sua donna. Non sparò perché non era un'assassina, ma "il porco" era tutta un'altra faccenda. "Il porco" l'avrebbe ucciso.

Caddero le prime bombe. I mitraglieri non fecero in tempo a correggere la posizione della mitragliatrice, che fu messa fuori uso subito. Shulz e i soldati scapparono fuori dalla stanza e lui si rese conto presto che il nemico non era venuto da dietro le montagne e la mitragliatrice non aveva fatto in tempo a sparare.

Marco si era liberato da alcuni secondi. Maddalena era sulla porta e attendeva, quando vide Shulz uscire e fermarsi sullo spiazzo a valutare la situazione. Strinse la pistola e gliela puntò addosso, ma lui guardava gli aerei. Doveva guardare lei invece e doveva vedere la morte in faccia.

«Porco!» Shulz si girò. Maddalena gli teneva già la pistola puntata addosso. «Per Cassandra!»

Esplose il primo colpo e lo colpì alla spalla.

«Chi?» disse lui per sviare l'attenzione mentre cercava la sua pistola.

«Il mio amore. L'hai ammazzata alla vecchia casa! Il 13 marzo del 1942.»

Shulz trovò l'arma e fece in tempo a estrarla, ma non riuscì a sparare perché lei gli scaricò la sua addosso e rimase a guardarlo morire. Una sventagliata di mitra la riportò alla realtà, quindi si precipitò all'interno per tirare fuori Marco e lo trovò che si era liberato e stava finendo di slegare Anna.

«Fuori!» urlò lui dopo averla liberata. Kepfel, intanto, si vestì quel tanto che bastava per uscire. Solo un pantalone e le scarpe. Non trovò Maddalena e neanche la pistola e si precipitò fuori disarmato. Le bombe avevano già raso al suolo gran parte della base. I corpi erano dappertutto. Una volta finite le bombe, gli aerei stavano falciando i soldati che uscivano dagli edifici in fiamme.

«Maddalena!» urlò vedendola davanti al corpo di Shulz perché uscendo si era fermata ancora a godersi la sua vendetta. Lei lo vide e gli puntò contro la pistola, per intimorirlo. Kepfel non poteva sapere che l'arma fosse scarica.

«Lasciami andare. Per favore.»

Lui non rispose. Nonostante la pioggia di colpi e il pericolo imminente guardò il corpo del suo vice, capì cosa la donna avesse fatto ed ebbe la sensazione che tutto fosse compiuto, finito. La morte di Shulz e l'espressione di Maddalena gli parlarono di un capitolo doloroso, finalmente chiuso, ma non seppe spiegarsi il perché.

Ancora una volta Maddalena realizzò che, anche se avesse avuto un ultimo colpo, non l'avrebbe ucciso. Abbassò la pistola e, seguendo Marco e Anna uscirono, dalla base, ma furono costretti ad andare verso le montagne a causa delle fiamme e degli attacchi. Kepfel recuperò un'arma da un cadavere e gli andò dietro.

Smith, il pilota dell'aereo, un Supermarine Walrus, aveva una sua personale velleità, condivisa dal suo mitragliere Corey e dall'osservatore Cox. Una volta finito l'attacco dovevano eseguire un unico tiro impossibile, che potevano fare in pochi, per salvare qualcuno, per eliminare un nemico. Non importava il motivo, importava il tiro.

Maddalena aveva visto sparire Anna e Marco dietro una fessura, che in un gioco di prospettive era invisibile a una prima occhiata. Kepfel sparò per terra vicino a lei, costringendola a fermarsi.

«Maddalena! Non scappare.»

Lei si girò. «Lasciami andare. Per favore.» gli disse lei in un ultimo tentativo di chi aveva intravisto la salvezza e gli era sfuggita tra le dita.

«O mia, o di nessuno.» disse l'uomo impazzito, più per la perdita della donna, che per l'attacco che stava distruggendo tutto.

Smith vide la scena. Quello era il tiro. Seguì la parete della montagna. Arrivò fino al suolo. Raddrizzò l'aereo e cominciò a sparare. Kepfel vide alcune piccole esplosioni sul terreno e le stesse esplosioni sulla sua canottiera, che poi si macchiò del suo sangue, ma lui non la vide. Era morto. Corey, che era pronto a correggere il tiro con la mitragliatrice di poppa, quando vide la scena si rese conto che gli altri colpi sarebbero stati sprecati.

«Fare il giro e arrivare da terra no?» domandò l'osservatore Cox, a cui non piaceva che l'aereo fosse messo in situazioni di pericolo.

«E far dire a Corey che il tiro era facile? Non ci penso neanche.» commentò Smith. Maddalena era viva. Smith tornò alla nave, ma prima fece un cenno di saluto alla donna, anche se lei non poteva vederlo. Anche quella era una loro piccola velleità. Salutare chi avevano salvato.

Maddalena trovò, con difficoltà, la fessura e s'infilò trovandosi in una grotta. La prima parte della parete irradiava una fortissima luce dorata, che impediva di vedere oltre. Ebbe l'impressione che ci fossero i residui di una frana di fronte a lei, ma non vide nulla o quasi a causa della luce, comunque aveva paura di essere ancora seguita, quindi si spinse oltre. Appena passò la luce si trovò in una valle, ampia come la piazza del paese, alla sua destra, di fronte, vide una grande bocca della verità, alta circa quattro metri, spalancata e finemente lavorata, da cui usciva un'altra forte luce dorata e dentro ci entrava comodamente una persona. Marco e Anna erano spariti e la bocca era l'unico posto dove potessero essere andati, ma Maddalena non ebbe il coraggio di entrare. Dopo molte ore, la paura di essere stata seguita passò e con cautela tornò indietro, mentre altri pensieri la preoccuparono. Kastri c'era ancora? I suoi abitanti erano salvi? Si stupì di tenere ancora a quella gente, ma lei era fatta così. Tornò a casa. Kastri era apparentemente salva. L'indomani, come ombre, i paesani tornarono alla spicciolata. La base era distrutta. I tedeschi erano morti e se c'erano superstiti erano scappati, o si erano dati alla macchia. Giovanni si trascinava come un morto vivente e Maria lo seguiva. Lei lo afferrò.

«Si sono salvati tutti?»

«Non abbiamo trovato Anna e Marco. Forse sono morti.»

«Non sono morti. Siamo scappati insieme dalla base.»

«E ora dove sono?»

«È una storia incredibile. Abbiamo trovato la Bocca d'Oro.»

«La leggenda? E loro dove sono?»

«Non lo so. Forse sono entrati.»

«Mi devi portare là.» Il suo sguardo da pazzo non ammetteva repliche. Aveva pianto la figlia per morta, ma la possibilità che una remota leggenda l'avesse salvata, in qualche maniera, andava verificata, per lui, ma soprattutto per la moglie, che sarebbe impazzita per la morte della figlia. Lei annuì e si misero in cammino. Maria, che aveva ripreso le speranze, le perse di nuovo guardando la bocca.

«Li ho persi qua.» disse Maddalena di fronte alla bocca.

«Sono entrati?»

La donna abbassò gli occhi. «Io non lo so. Non li ho visti. Ho avuto paura.»

Giovanni stava per buttarsi dentro la bocca, quando Maria lo superò di slancio, allora lui la afferrò.

«Non puoi andare. Non posso perdere anche te.»

«Anna è là dentro!»

«Non ne siamo certi!»

«E dov'è allora? Non c'è niente qua!»

La donna lo strattonò e lui la afferrò di nuovo. «Non sappiamo cosa c'è là dentro. Non ti lascio andare. Non posso perdere anche te!» Affidò la donna a Maddalena. «Tienila, io devo guardare nella bocca.»

Guardò nella bocca cercando di scorgere qualcosa. Si mise il più vicino possibile e fu accecato dalla luce, poi pensò alla moglie. Non poteva lasciarla con nessun dubbio, quindi avrebbe mentito, ma prima spalancò gli occhi in modo che lei, che lo guardava, non avesse dubbi. «Non vedo muovere niente. Non c'è nessuno qua dentro.»

Marco guardò indietro, per attendere Maddalena. Anna era qualche passo davanti a lui. Passarono la prima luce e lei sparì, allora lui le andò dietro ed entrò in uno spiazzo, dove vide la bocca e Anna, che non accennava a fermarsi e correva verso di essa, poi s'infilò nella bocca, l'unico nascondiglio. Lui le andò dietro ritrovandosi accecato dalla luce che c'era all'interno.

«Anna!» La ragazza non rispose. Ebbe il terrore che le fosse successo qualcosa. «Anna!» Nessuna risposta.

La paura dei tedeschi fu immediatamente soppiantata dal terrore dell'ignoto, anche se era un ignoto accecante, dove Anna era scomparsa senza nessuna ragione apparente. Per lungo tempo la cercò a tentoni lungo la parete della bocca, poi la cercò a quattro zampe, cambiando direzione ogni volta che arrivava a una parete e sperando che non fosse inciampata da qualche parte facendosi del male, o caduta in qualche fossa, che la luce impedisse di vedere. Non trovò né lei, né nulla, ma trovò l'uscita e la imboccò con cautela, cercando di scorgere i soldati, che sicuramente attendevano fuori.

Quando i suoi occhi si iniziarono ad abituare alla luce del giorno scorse una sagoma familiare, anche se non seppe subito dire se si trattasse di Giorgio o Giovanni.

«Dio santo.» disse l'uomo con stupore lasciando cadere un mazzo di fiori. «Sei tu.»

Marco riconobbe la voce di Giovanni, ma prima di pensare a tutte le domande logiche: Come mai lui era là? Dov'erano i tedeschi? Aveva una domanda impellente: «Anna dov'è?»

«È scomparsa. Siete scomparsi.»

«Era davanti a me.»

«Ma tu sei… Giovane.» disse Giovanni.

«Che vuoi dire?» chiese Marco non capendo la domanda.

«Siete scomparsi durante la guerra. Centodieci anni fa.»

«In che anno siamo ora?» chiese Marco.

«2055, è il 2055.»

Marco si appoggiò alla roccia per riprendere fiato. I suoi occhi stavano riprendendo lentamente a funzionare con la normale luce del sole e l'uomo che aveva davanti era effettivamente Giovanni, ma quando si avvicinò e gli occhi gli permisero guardare con una migliore percezione vide che sembrava molto più vecchio. «Che posto è questo? Sono stato nella bocca per un'ora al massimo.»

«Maddalena ci ha mostrato la bocca, ma voi non c'eravate. Vi abbiamo dati per morti. Ogni giorno vi abbiamo portato fiori io e mia moglie. Ora li porto io.»

«Allora tua moglie è…»

«Morta, nell'ottanta. Ha continuamente cercato Anna.»

«Ma tu quanti anni hai?»

«Nell'ottanta, dopo che mia moglie è morta ho trovato il coraggio di entrare per cercare i vostri corpi. Biologicamente ho 93 anni. Per la data odierna ne ho 153.»

«La guerra, quando è finita?»

«Ah, la guerra. Per noi è finita, in pratica, quando avete distrutto la base. Ma tu che hai fatto in questo tempo?»

«Ho cercato Anna.»

«Ma lei non c'è più.» sospirò l'uomo rassegnato.

Marco non disse nulla. La loro sensazione era la stessa: Anna non c'era più, ma la percezione del tempo trascorso era diversa. Marco l'aveva persa circa un'ora prima, ma per il mondo erano passati centodieci anni.

Tornarono verso Kastri. «Il paese Kastri non è stato toccato dalle bombe. Gli aerei sono venuti da nord ovest. Hanno attaccato da bassa quota per fortuna. I tedeschi li aspettavano da sud ovest. Non erano pronti.» riassunse Giovani.

«La spia chi era?»

Giovanni sospirò. «Marios. Era innamorato di Anna. Forse prima passava qualche informazione sulla gente del villaggio, giusto per ingraziarsi i tedeschi, ma roba di poco conto. Ha tradito davvero quando vi ha visti insieme. Te lo posso dire ormai. Sono passati tanti anni.»

Marco non commentò nulla, ma le sensazioni che nel vecchio erano state curate dal tempo per lui erano più vivide che mai. «A Kastri il tempo non passa mai.» constatò osservando il paese.

«Ma i nostri amici non ci sono più.» disse Giovanni.

«Come mi presento agli altri?»

Giovanni lo guardò da capo a piedi. «Ma tu sei sempre Marco Kastriokis, il mio nipote di Creta. Non vuoi?»

«Certo vecchio.» disse Marco sorridendo.

«Vivi sempre nella tua casa?»

«Dove sennò?»

«E la vecchia casa?»

«È un appartamento per le vacanze. Ce ne sono tanti ormai. Siamo diventati un'attrazione turistica del mondo slow food. Anch'io affitto stanze. Ormai sono solo.»

«Posso dormire a casa tua?»

«Guai a te se non lo fai.»

Passarono a fianco a casa di Maddalena, che era vuota e chiusa. «E lei che fine ha fatto?»

«Il paese è stato compassionevole con lei, anche se mi sono dovuto mettere in mezzo. Ci ha detto dove eravate. Questo per me non aveva prezzo. La vita non è stata altrettanto compassionevole. Non ha trovato mai un compagno e non l'ha nemmeno cercato. È morta anche lei, nell'ottantacinque.»

Marco non commentò nulla.

# Capitolo 27 Suor Maria

Si stabilì a casa di Giovanni poiché non aveva dove tornare durante la guerra e sicuramente non aveva dove tornare centodieci anni dopo. Cominciò a fare l'attività di affittacamere, che gli permetteva di vivere decorosamente e ogni mattina accompagnava Giovanni alla bocca e al cimitero a deporre dei fiori sulla tomba della moglie. Marco, alla fine, si abituò a quel luogo singolare, come se fosse familiare. A fianco alla bocca integra una porzione della montagna era franata e lui decise di vedere cosa ci fosse sotto. Fu una maniera di accudire il luogo in cui Anna era scomparsa e, in un certo senso, il posto dove potesse ricordarla, ma anche per fare qualcosa per lei.

Scoprì che, celata sotto la frana, c'era una seconda bocca e, quando la liberò, la luce che c'era all'ingresso e aveva alimentato la leggenda del mostro d'oro iniziò a uscire dall'apertura della bocca, come succedeva per l'altra.

Un giorno, circa due anni dopo, successe qualcosa di particolare. Dalla bocca di destra uscirono tre suore.

La bocca aveva emesso un rumore flebile e la luce era vagamente cambiata, quindi lui si era nascosto prima che le donne uscissero.

«Non vi spaventate!» disse. Le donne si girarono, ma i loro occhi ancora non funzionavano per la luce della bocca. «Non voglio farvi del male.» le tranquillizzò lui.

«Chi siete?» chiese una di loro visibilmente in difficoltà.

«Marco Kastriokis. Non vi muovete. Le bocche possono disorientare quando ci si passa attraverso.»

Marco attese con calma che le donne si riprendessero, poi cominciò a sospettare che ci mettessero troppo tempo, infine capì che soffrivano anche la luce del sole, come se fosse troppo forte per loro. Le portò all'ombra, ma anche allora fecero parecchia fatica a metterlo a fuoco, poi lo videro con gli attrezzi.

«Ecco chi ha liberato l'altra bocca! In che anno ci troviamo?» chiese una di esse. Rimasero sorprese che fosse il 2057.

«In che anno pensate di essere?»

«Nel 2047. La bocca ci ha spedite dieci anni avanti.»

«Da dove venite?»

«Dalla grotta. Veniamo da lì.»

«Che cosa è la grotta?» domandò Marco.

«Oltre la bocca da cui siamo uscite c'è una grotta. Siamo... Sono in tanti là.»

Marco ebbe un'illuminazione. «Una donna è entrata nella bocca, si chiamava Anna.»

«Anna? No, non mi ricordo.» disse una suora.

«Aspetta! Suor Maria! Si chiamava Anna da laica.» le fece eco un'altra. Marco descrisse Anna, consapevole che potesse essere cambiata con il tempo. Anche loro descrissero Suor Maria e lui si convinse che si trattasse della stessa persona, quindi si fece spiegare come raggiungere la grotta. Effettivamente si fece l'idea com'era difficile trovare la fessura fuori, fosse difficoltoso anche trovare la fessura all'interno della bocca.

«Quanti anni ha suor Maria?»

«Una quarantina.»

Quindi Anna poteva essere una donna quarantenne, anzi cinquantenne poiché le suore l'avevano vista dieci anni prima.

«Giovanni. Devo andare. Devo trovare questa suor Maria. Devo capire se è Anna.»

Giovanni, che era stato zitto all'inizio per non spaventare le suore, che si erano appoggiate in casa sua, poi ascoltando tutti i ragionamenti, sospirò. «Se la trovi, dille che l'ho cercata. Non la fare tornare indietro. Sono vecchio. Probabilmente sarò morto.»

Marco lo abbracciò. Entrò nella bocca. Seguì le istruzioni delle donne rapidamente, perché i secondi nella bocca erano anni nella vita reale. Trovò la fessura. La attraversò in fretta e corse lungo il corridoio che gli avevano detto le donne. Non sapeva se gli anni stavano scorrendo via, quindi corse come un forsennato. Si trovò in un ambiente enorme, che doveva essere, secondo i suoi riferimenti, all'interno della montagna, ma pensò che non potesse essere sicuro di dove si trovasse, con tutto quello che aveva visto. Davanti a sé vide una piccola cittadina, piena di persone, con costruzioni, strade, campi coltivati e quant'altro, ma in una grotta. La luce delle bocche la illuminava e, come un piccolo sole, dava vita all'interno, permettendo alla gente di resistere e alle piante di crescere. La cittadina sembrava più grande della montagna che doveva contenerla, ma la singolarità del posto e la sua effettiva esistenza non davano logica a queste considerazioni.

Incontrò un uomo.

«Dove mi trovo?»

L'altro comprese subito la situazione. «Sei al sicuro ora. Benvenuto alla grotta. Come ti chiami?»

«Marco. Sto cercando una donna. Suor Maria.»

«Se è una sorella, sta nel convento. In fondo alla strada.» disse l'uomo indicando una direzione.

Marco ringraziò e corse via, stavolta non per gli anni che fuggivano. Stava andando da Anna. Bussò al convento. «Cerco suor Maria.»

Una suora lo condusse in una stanza. C'erano dei bambini e una suora di spalle. Marco riconobbe la silhouette. «Anna!»

La donna si alzò di colpo, ma non si girò. «Stai fermo là. Per favore.»

«Anna, sono Marco.»

«Questa voce. Non la sento da anni. Alla fine, hai trovato la grotta.» Marco si avvicinò. «Stai fermo per favore. Non sei pronto.»

«Che vuoi dire?»

«Quanti anni hai?» chiese lei.

«Ventisette.»

«Non puoi essere pronto.»

«Perché?»

«Perché io ho settant'anni ora.»

«Non importa. Me lo immaginavo. Ti ho cercata tanto. Ti avevo persa.»

Anna si girò. Effettivamente era anziana. Lunghe rughe le scavavano il volto, ma era felice e si vedeva. «Tu mi hai persa. Il tempo ci ha diviso.»

«Ora ti ho trovata. Devi raccontarmi tutto.» Marco la abbracciò. Lei non rispose.

«Hai trovato la grotta e suor Maria. C'è poco da raccontare. Ti ho atteso per anni e non sei arrivato. Le altre sorelle mi hanno accolto e ora eccomi qua.»

«Le sorelle che sono uscite mi hanno indicato la fessura. Io non l'ho trovata la prima volta. Quando sono uscito, erano passati 110 anni, ma tuo padre c'era ancora. Ci aveva cercati nella bocca.»

«Come sta?»

«Era anziano. Sono passati ancora vent'anni.»

«Ho capito. Pace all'anima sua.» Si segnò. «E mia madre?»

«Ho incontrato Giovanni perché era entrato nella bocca a cercarti. Maria non è mai entrata.»

«Quanti anni sono passati là fuori?»

«All'incirca centottanta.» Marco cercò di sdrammatizzare il discorso. «Quindi la leggenda della bocca d'oro è vera. Nonno Patroclo aveva ragione.»

«Da questa parte la leggenda è leggermente diversa.»

«Cioè?»

«Qui le bocche sono due e la leggenda non parla di mostri. Una bocca ti porta avanti nel tempo, l'altra indietro.»

«Nessuno ha usato l'altra bocca per uscire da qua e tornare indietro nel tempo?»

«L'altra bocca è restata chiusa fino a qualche anno fa.»

«La frana. Ti ricordi che, quando abbiamo visto la bocca, c'era anche una frana? La luce allora usciva dalle rocce. Era quello il mostro d'oro. In questi anni ho voluto curare il luogo dove eri scomparsa. Io ho rimosso la frana. Perché non l'avete fatto voi?»

«Tutta la gente che vedi qua è nata qua, oppure ha trovato la bocca perché fuori è stata a rischio della vita. Quelli che sono arrivati non avevano nulla da perdere e non hanno avuto interesse a uscire e gli altri sono nati qua. Solo le tre sorelle che hai conosciuto hanno visto la luce e sono volute uscire. Non sapevamo neanche se fossero sopravvissute.»

«Ma non hai detto che una bocca ti porta avanti e l'altra indietro nel tempo?»

«Così dice la leggenda, ma chi lo sa come funziona? Nessuno di noi ha mai provato.»

«Adesso che facciamo?» chiese lui. Suor Maria attese un attimo.

«Potresti tornare indietro, o restare qua e farti una vita.»

«E tu?»

«Guardaci, ormai siamo fuori tempo. Io sono suor Maria. Sono felice. Sto bene.» sorrise.

«Non ti posso lasciare qua solo perché sei entrata nelle bocche prima di me.»

«Più di cento anni fa.» disse lei rimarcando l'assurdità della situazione.

«I tedeschi non hanno trovato la bocca. Non ci hanno seguiti.» si rammaricò lui.

«Anche io ho tardato a trovare la grotta, non so quanto. Per questo sono ancora viva.»

Marco sentì tutto il peso del tempo. «Io di qua non ho niente e neanche dall'altra parte.»

«La grotta accoglie tutti, come una madre. Resta con noi.» disse lei. Marco sentì il peso di quello che lei aveva vissuto, delle avventure, degli anni.

«Tu non vuoi uscire?» chiese timidamente.

La donna sorrise e quel sorriso gli ricordò la ragazza di un tempo. «Non voglio uscire. Ho tante persone che dipendono da me, qui. Tanti che si prendono cura di me e tanti di cui mi prendo cura.»

«E noi?»

«Noi è stato per pochi giorni, nel 1945. Te ne rendi conto?»

«E io?»

In quel momento uscì la donna pragmatica che era sempre stata. «Giusto. Tu non hai dove andare. Resta al convento. Una stanza per te ce l'abbiamo. Avrai tempo di trovare la tua strada.»

La cella che gli fu assegnata era piccola, pulita e con un arredamento essenziale: un piccolo letto, un rosario e un comodino in legno per riporre poche cose. La finestra mostrava un ampio scorcio della cittadina.

A un certo punto la luce si spense in maniera progressiva, ma rapida. Marco osservò che in quel luogo singolare esisteva anche la notte.

L'indomani fu svegliato da un tocco lieve della porta. Poi ne seguì un altro.

«Chi è?»

«Sono suor Francesca. La colazione è pronta tra poco.» Dopo un attimo di pausa la novizia bussò ancora. «Sto lasciando dell'acqua, così si potrà rinfrescare.»

«Grazie.» rispose Marco e quando fu sicuro che la donna si fosse allontanata aprì la porta, trovando il secchio con dell'acqua fredda. Si guardò intorno, ma nel corridoio non c'era nessuno. La luce che entrava nel convento non era da giorno pieno, sembrava effettivamente la leggera penombra del sorgere del sole ormai avanzato.

«Ho voluto risparmiarti le lodi, ma ho pensato che fosse il caso di chiamarti. Ti renderai conto che la luce del giorno qui è molto diversa da quella a cui sei abituato.» disse suor Maria.

«Ma è venuta la notte.»

«Quella è una cosa a cui non abbiamo rinunciato. Sembra che alternare il buio con la luce ci faccia stare meglio. Quattro cittadini stendono un velo nero e pesante ogni sera, per coprire le bocche.»

La colazione era semplice, pane e frutta.

«Buono.» disse Marco assaporando tutto.

«Suor Antonia è una vera benedizione.» aggiunse Francesca.

«E la benedizione discende su di voi.» disse suor Antonia entrando. Era un donnone di simpatia. Si sedette su una sedia che scricchiolò lievemente.

«Pane e frutta qui dentro?» chiese Marco.

«Attento. Per molti di loro non è naturale vederle al sole. Non sanno neanche cosa sia.» disse Antonia.

«Come mai?»

«Non tutti sono arrivati da fuori, tanti sono nati qua, come me e suor Antonia.» chiarì Francesca.

«Però avete sentito parlare del sole.»

«Sono stata io e suor Antonia ha avuto la pazienza di ascoltarmi quando sono arrivata.» chiarì Maria.

«Diciamo che ho faticato un poco a crederle, ma qualche vecchio ancora raccontava del mondo fuori della grotta.» intervenne suor Antonia.

«Grano, frutta e tutto il resto sembra che ci siano sempre stati, d'altronde ora sappiamo che le porte conducono da una parte all'altra. La luce li fa crescere altrettanto bene. Facciamo un olio d'oliva veramente ottimo.» aggiunse Maria.

«Io che faccio oggi?» chiese Marco.

«Fatti un giro. Vedi il posto… Come hai fatto a Kastri.» disse Maria.

«Non mi accompagni?»

Maria sorrise. «La mattina siamo molto occupate. Qui si deve essere al servizio della comunità e il convento è anche scuola e asilo. Tra poco arriveranno i ragazzi e dovremo essere pronte.»

Marco pensò alla ragazza che avrebbe fatto di tutto per passeggiare con lui. Erano passati pochi anni e le cose erano effettivamente cambiate.

Poco dopo colazione il convento si riempì di bambini. Nella chiesa presero posto i ragazzi più grandi, che erano stati raggiunti da Sergio, un uomo del villaggio, mentre Francesca e Antonia si occupavano dei piccoli e Maria insegnava a scrivere e fare i conti a quelli più grandicelli.

Marco si rese conto di non avere spazio la mattina nel convento, perché si trovò a irrompere nella chiesa, per la verità era entrato in silenzio e con garbo, ma si era visto subito tutti gli occhi addosso.

«Sono il maestro Sergio, in che cosa le posso essere utile?»

Era un uomo grassoccio, non troppo alto.

«Mi scusi. Non conosco il posto.» disse rendendosi conto di essere quantomeno inopportuno.

Sergio lo osservò, ma non ebbe modo di dire altro, poiché aveva il suo lavoro da svolgere.

Marco restò nei paraggi del convento, ripromettendosi di essere più cauto.

# Capitolo 28 Francesca

Si mise a studiare il posto: Il convento era quasi al centro della città e si trovava sulla strada principale.

Le case avevano sempre una o due finestre che guardavano verso le bocche, come la porta, perché sugli altri lati non servivano.

Le bocche erano in una posizione abbastanza sopraelevata da illuminare tutte le costruzioni, che non erano mai alte. Solo il convento lo era, ma dietro di esso, c'era un largo spiazzo d'ombra, dove non aveva costruito nessuno. Tutti avevano diritto alla luce e al loro spazio.

Intorno alla città c'erano i campi coltivati e i cedreti.

Non sembrava ci fossero animali da allevamento, ma non poteva dirlo con certezza.

Poi si rese conto che la sua vecchia mentalità da esploratore della marina aveva preso il sopravvento. Non si trovava in un ambiente di guerra e poteva essere più interessante fare una semplice passeggiata, per farsi una idea da vicino.

La gente, apparentemente affaccendata, non mancò mai di dargli una occhiata quando si avvicinava, segno che non erano abituati ai forestieri, ma non mancò mai di essere salutato, segno che erano cordiali. Al ritorno incontrò la novizia che stava percorrendo la strada opposta, portando i suoi bambini e un cesto di vimini.

«Dove vai?» le chiese.

«Riporto i bimbi a casa e prendo qualche provvista.»

«Ti accompagno?»

«Non c'è bisogno.»

«Mi fa piacere e poi al convento sono tutti indaffarati. Meglio che stia fuori dai piedi.» La ragazza aveva lunghi capelli biondi e sciolti. Era piacevole, anche se non aveva una bellezza mozzafiato. «Tu vesti diversamente dalle altre suore.»

«Non sono ancora suora. Sono una novizia.»

«Ti manca molto per essere suora?»

«Chi lo sa? Quando suor Maria mi riterrà pronta pronuncerò i voti.»

«Suor Maria?»

«Lei è la superiora, non l'avevi capito? Siccome non abbiamo contatti con quello che voi chiamate "Vaticano" sarà solo lei a decidere se sono pronta.»

«Questo particolare mi sfuggiva.»

«Sei nuovo…»

Lei cambiò mano alla cesta e lui pensò che fosse un cenno di affaticamento, o magari solo per fargli notare la cesta.

«Dalla a me, tanto stiamo andando dalla stessa parte. E cosa aspetta Maria?»

La donna tirò su le spalle. «Magari aspetta che sia io a scegliere effettivamente di essere suora. Sono cresciuta con loro e magari vuole rendersi conto che l'ho scelto e che non sia una sorta di percorso naturale. Mi capisci?»

«Credo proprio di sì. Ma non ci sono altri giovani in città?»

«Certo. Tutta brava gente e lavoratori. Se ne incontreremo qualcuno te lo presento.» Bussò a una porta. «Sono Francesca.»

Una donna si affacciò. Un bimbo si staccò dal gruppo ed entrò.

«Buongiorno, Francesca. Serve pane o frutta?»

«Meglio pane.» La donna le diede una pagnotta ancora calda, che emanava un forte odore di grano. La manovra fu ripetuta per ogni bambino, talvolta due pargoli.

«Come funziona questa cosa delle offerte?» chiese Marco.

«In città ognuno mette a disposizione qualcosa. Clio sa fare il pane.»

«E voi?»

«Noi teniamo i bambini, li istruiamo e, per chi vuole, la domenica diciamo la messa.»

«Chi dice la funzione?»

«Noi! Sappiamo che dovrebbero esserci dei sacerdoti, ma non ne abbiamo. Ci abbiamo pensato a lungo, ma meglio che siano le donne a officiare, anziché non farlo affatto.»

Marco non poté che essere d'accordo. Dopo alcuni giri il cesto fu pieno. Qualcuno chiedeva chi fosse Marco, qualcuno non parlava. Tutti davano qualcosa.

«Siamo fortunati. Li abbiamo trovati tutti in casa.» disse soddisfatta Francesca, quando i ragazzini finirono.

«Che succede se non li troviamo?»

«Oramai so dove beccarli tutti. Tempo ci vuole.» Guardò il cesto. «Per oggi abbiamo raccolto abbastanza. Torniamo indietro.» disse soddisfatta.

«Quanti anni hai?» chiese Marco.

«Ventidue, credo. Qua le giornate sono tutte uguali e si perde il conto. E tu?»

«Ventinove, credo, ma il conto l'ho perso nelle bocche.»

«In che senso?»

«Devi sapere che io e suor Maria dovremmo essere quasi coetanei.»

La donna si incuriosì. «Non sembra proprio.»

«Qualche giro nelle bocche e succede anche questo.» commentò lui.

«Mi devi raccontare!» Marco riassunse a grandi linee ciò che era successo e la donna ascoltava attenta.

«Il che conferma che le bocche sono pericolose.» sentenziò lei alla fine.

«I tedeschi lo erano di più.» si limitò a dire lui.

«Quindi lei era la donna della tua vita.» disse lei sognante.

«L'ho creduto.»

«Com'era suor Maria da giovane?»

«Bellissima.» si limitò a confermare lui.


Suor Maria guardò dalla finestra del convento. La posizione elevata permetteva di osservare una grande porzione della strada e lei pensava a Marco, ma anche alla sua novizia.

Antonia la raggiunse. «Che succede?»

«Mi chiedo se ho fatto bene a fare alloggiare Marco al convento.»

«Lo volevi lasciare fuori? Magari lo avrebbero ospitato, ma non subito. Forse potresti farlo ospitare da qualcuno.»

«E che cambierebbe? La città è grande, ma non enorme. Lui è qua.»

«Non capisco quale sia il problema.»

«Non sono io. Sono suora da tanti anni. Sono vecchia.» disse Maria.

«Sei avanti con gli anni, ma la ragazza che conoscevo sta sempre là dentro.» disse Marco che, entrando, aveva ascoltato involontariamente.

«La ragazza è sepolta dagli anni, dalla suora, dalla grotta. E tu non dovresti ascoltare questi discorsi. Francesca, posa tutto sul tavolo, che ci mettiamo a cucinare.» disse Maria cambiando discorso.

«Per me sono passati solo due anni. Una situazione paradossale può essere trattata solo in maniera irragionevole.» commentò Marco, parlando più a sé stesso, che agli altri. Maria gli passò accanto.

«Hai ragione, ma io so come trovare la via. Vado a cucinare, poi andrò a pregare.»

«Non posso sopportare questa volontà di evitarmi.» disse Marco appena fu uscita. Antonia aveva uno sguardo che esprimeva una profonda angoscia, ma si limitò a mettergli una mano sulla spalla, poi raggiunse anche lei la cucina. Francesca preferì non dire nulla.

Antonia osservò la superiora in silenzio e, non potendo fare altro, iniziò a pregare anche lei.

«So che vuoi fare delle domande. Allora falle.» disse Maria.

«Ti turba lui?»

«Mi turba il ricordo, ma non è questo il problema.»

«Posso chiedere se hai deciso?»

«Ho deciso di rischiare. Ho visto che Francesca lo guarda e ho visto come lo guarda. Tu non te ne sei accorta?»

«Francamente no!» disse Antonia.

«Ho deciso di rischiare: o avremo una suora in più, o magari una nuova famiglia.» disse Maria terminando ciò che stava facendo.

Antonia assunse un'espressione grave. «Ti sembra corretto?»

«Be, senza dubbi non ci sono certezze. Voglio causare il dubbio. Lo voglio fomentare.» disse Maria muovendo le dita per simulare le fiamme.

«A lui?» chiese Antonia.

«A lui, ma soprattutto a Francesca. Avremo una suora convinta, o magari una moglie convinta. È tanto che non celebro un bel matrimonio.» disse Maria.

«Anche se sei una suora certe volte hai uno sguardo...» commentò Antonia.

«Comunque sia, qualcosa sapremo.»

Antonia si segnò. «Che Dio ce la mandi buona...»

«Da domani farò in modo che passino del tempo insieme.»


Dopo cena Maria volle attirare l'attenzione e iniziò a parlare. «Marco, come avrai capito, nella nostra comunità sfruttiamo ciò che sappiamo fare per il bene di tutti.» Marco annuì. «Tu eri un soldato, quindi penso che non abbia delle capacità immediatamente utili per la città. Mi sbaglio?»

«Ho fatto l'affittacamere, ma effettivamente no, non ne ho. Potrei imparare il mestiere di qualcuno dei vostri amici, se mi appoggerete.»

«Immediatamente potresti essere utile nel convento. Antonia ha tante cose da fare. Potresti dare una mano con i bambini per iniziare, permettendo ad Antonia di dedicarsi solo alla cucina.» continuò Maria. Francesca fece un lieve sorriso, subito smorzato perché pensò che una novizia non dovesse essere contenta di stare a fianco a un uomo, non stava bene. Antonia colse l'espressione.

«Non sono molto pratico di bambini...»

«Ma ci sono io.» lo interruppe Francesca con un impeto di cui si pentì immediatamente. Maria fece finta di non coglierlo. «Se la madre superiore lo ritiene opportuno.» si corresse subito.

«La madre superiore lo ritiene opportuno.» confermò Maria.

La cena terminò tranquillamente e tutti si ritirarono nelle loro camere, attendendo che le luce delle bocche fosse smorzata, cosa che avvenne puntuale.

L'indomani Marco incrociò Maria nel corridoio del convento. «Il nome Maria non è per la madonna. È vero?» disse per attaccare discorso.

«No, è in onore di mia madre.»

Marco andò dritto al punto. «Che cosa conti di fare con me?»

La donna attese un attimo, per scegliere le parole. «Ti aiuteremo a trovare il tuo posto nella grotta.»

«Io il mio posto ce l'avevo...» disse lui con uno scatto.

«Quella era un'altra vita, altre persone, un altro posto e anche, se mi permetti, un altro secolo e un altro millennio.»

«Ma per me sono solo due anni, o poco più.»

Lei lo guardò con calma. «Ci tengo ancora a te... Tanto, ma non come prima. Farò in modo che tu stia bene, te lo prometto.»

Si prese la libertà di fargli una carezza, ma era un gesto materno, senza nessuna implicazione sentimentale. Poi si allontanò, lasciandolo nel corridoio, con i suoi pensieri.

Francesca era molto brava a tenere impegnati i bambini con attività creative e con quelle che lei chiamava «attività prima della lettura». Aveva appeso le lettere dell'alfabeto e i bimbi erano pronti a correre a indicarle quando lei lo chiedeva.

«L'anatra ha la a, come...» E attendeva che tutti raggiungessero la lettera corrispondente, oppure: «I banchi hanno la b come... Raggiungete tutti la m.» O quant'altro si inventava. Alla fine, i suoi bambini sapevano scrivere, leggere e contare ed erano pronti ad ascoltare le lezioni di Maria. Certamente essendo poche sia le suore che i ragazzini non si riusciva a raccoglierli per età e i più grandi erano affiancati ai piccoli, ma Francesca era bravissima a farli sentire utili, magari aiutando gli altri.

Le giornate andavano avanti tutte uguali, aggiungendo periodicamente una abilità in più: sempre la lettura e la scrittura, poi le addizioni e le sottrazioni e se la classe era particolarmente adatta: moltiplicazioni e divisioni. Alla fine della mattina, insieme, andavano a riportarli alle loro case, sempre con il cesto in mano. Maria osservava dalla finestra per verificare che andassero insieme. Quando succedeva si sentiva soddisfatta.

«Non credevo che quelle pesti mi sarebbero mancate.» disse Antonia armeggiando con i suoi coltelli.

«È per una buona causa.» commentò Maria.

L'altra sbottò. «Cercare di perdere la nostra unica novizia, da quando è una buona causa?»

Maria non rispose, sapeva che fosse inutile, Antonia era una buona suora, aveva fiducia in lei e, in fondo, era convinta che fosse d'accordo con quel tentativo di fare evolvere le cose.

Francesca ruppe il ghiaccio. «Come vi siete conosciuti con suor Maria?»

«Ero un soldato. Durante una missione di perlustrazione, sull'isola di Gozzo abbiamo trovato una base nemica.»

«Cosa è un'isola?» lo interruppe la ragazza.

«Perdonami, ogni tanto dimentico che tu sei nata qua. Un'isola è come una città, circondata da tanta acqua che gli uomini, per attraversarla, devono usare grossi contenitori di ferro, o legno, che si chiamano navi, o barche.»

«Quante cose avevate là fuori.» disse la ragazza meravigliata.

«Avevamo anche la guerra, a quel tempo, che non era un granché.»

«Allora, suor Maria?»

«Si chiamava Anna. Io sono dovuto sbarcare perché la base era troppo vicina a Kastri.»

«Quindi stavi su una di quelle cose… una nave?»

«La hms Ajax.»

«E il sole, dimmi, com'è il sole?»

«Il sole è bello, grande e la sua luce non ha nulla a che vedere con la luce della bocca. È calda.»

La ragazza aveva voglia di sapere e tutti i giorni, quando le era possibile, instaurava un discorso con lui, fatto così, a salti, ovunque la portasse la curiosità. Alla fine, si fece un'idea personale, ma abbastanza precisa di cosa ci fosse fuori. Marco cominciò a percepire il dualismo tra la voglia di conoscere il mondo e la convinzione di avere le proprie radici nella grotta. Tra i due nacque una grande amicizia e una grande intesa, supportata dall'avere la stessa età, dalla curiosità della donna e anche dall'essere un uomo e una donna. Suor Maria cominciò a farsi attenta, per cogliere i segni che gli dicessero come si evolveva la situazione.

Francesca decise di parlare con lei e la raggiunse nella chiesa. «Madre?»

«Sì, dimmi.»

«Mi vorrei confessare.»

«Quando vuoi, anche adesso.»

Francesca si avvicinò. «Si può peccare con il pensiero?»

Maria non rispose altro che un'espressione che potesse essere intesa in mille modi, ma lei era, in un certo senso, responsabile delle tentazioni che immaginava e stette zitta.

«Marco, mi piace, ma non so che fare.»

«Nessuno ti può dire cosa fare.»

«Ho un dubbio, madre. Lei lo sapeva che potesse essere tanto interessante?»

«Penso che tu sappia la mia storia precedente.»

«E lo ha fatto a posta?»

«Devo confessare di sì.»

«Perché?»

«Per te. Se conosci le alternative deciderai in maniera più convinta, se essere una buona suora, o una buona moglie.»

Maria attese la reazione della ragazza, qualsiasi fosse stata.

«Che devo fare?» chiese lei lasciandosi andare.

«Niente. Lascia che le cose raggiungano da sole il proprio equilibrio. Comunque vada sarà la cosa migliore, ma quando avrai deciso agisci presto. Senza rimpianti.»

«E la mia vita?»

«La tua vita sarà sostanzialmente la stessa. Non vestirai l'abito, ma i bambini al convento ci saranno sempre, magari anche i tuoi. Posto per te, qua, ci sarà sempre.»

Francesca distolse lo sguardo, seguendo le mille immagini che si sovrapponevano nella sua fantasia.

Dopo quella conversazione non ce ne furono altre dello stesso tipo. Maria continuò a osservare la coppia, notando tutte le piccole gentilezze che si scambiavano e i piccoli segni. Se qualcosa stava succedendo era sbocciato, ma come faceva a essere certa di cosa fosse?

«Stavo pensando... Non ti sfugge qualcuno?» disse Antonia con una domanda retorica.

«Chi?»

«Sergio!»

«In che senso?»

Antonia sbottò. «Lo sai che è un fisico teorico, che qua fa il maestro e, cosa più importante, ha studiato le bocche. Non pensi che avrebbe informazioni che il nostro giovane amico gradirebbe avere?»

«Per ora quei due hanno cose che li tengono impegnati quando Sergio è qua.» concluse Maria senza rispondere. «E poi il nostro amico non è interessato a Sergio.»

«Perché: non sa chi è, che viene da fuori e non lo sa neanche Francesca.» tuonò Antonia. «Stai giocando con la vita di quell'uomo!»

«Ho capito! Parlerò a Marco delle particolarità di Sergio!»

«Finalmente la finiamo di giocare con la vita delle persone. Ora ti riconosco.» disse Antonia contenta.

«Quell'uomo è un paradosso! Dovrebbe essere morto da tempo, di vecchiaia, non qui ad amoreggiare con una ragazza!»

Antonia fece uno sguardo furbo. «Finalmente esce un po' della donna che sei. Un po' di gelosia non ti fa male.»

«La mia non è gelosia è paura. Se Sergio sapesse rimandarlo indietro, io che farò?»

«In che senso?»

«Magari non entrerei nella bocca e non avrei tutto questo.»

«E magari al tuo posto ci sarà un'altra. Magari diversamente il tuo destino non sarebbe stato diventare suora. Posso dire una cosa? E chi se ne frega. È giusto che sappia!»

Maria non disse nulla e per quanto riguarda suor Antonia, difficilmente ci sarebbero state altre cipolle tagliate con la stessa foga.

Stava raggiungendo il chiostro del convento decisa a parlare con Marco.

«…tu mi piaci moltissimo ed è bello parlare con te della tua vita fuori. Mi dici tante cose e io me le immagino.» stava dicendo Francesca.

«Ma?» la incoraggiò Marco.

«Ma la mia vita è questa. Io voglio essere suora, in questo convento.»

Maria si passò una mano sul volto e attese la risposta, pronta a tutto quello che avrebbe potuto sentire. Marco attese un attimo, ma la sua espressione era calma e rilassata. Prese le mani della ragazza.

«Francesca, tu sei una ragazza splendida e sicuramente, in altri momenti, mi sarei innamorato di te e mi sarebbe costato sentire queste cose, ma la verità è che, nonostante mi sia dato una possibilità, non ho dimenticato—»

«Maria... Scusa, Anna.» lo interruppe lei.

Lui la guardò con tristezza. Si chiudeva definitivamente un capitolo, ma forse se ne apriva un altro, con una bella amicizia.


Maria, che involontariamente aveva ascoltato tutto, sapeva cosa fare. Gli avrebbe parlato di Sergio, che aveva studiato le bocche, anche perché la città era grande, non grandissima e, alla fine, Marco avrebbe saputo ciò che gli era stato nascosto e lei non voleva il peso di nascondergli qualcosa. «Buongiorno. Devo farti conoscere una persona.»

I due si ricomposero, anche se non era successo nulla.

Maria li osservò con sguardo benevolo. «Inavvertitamente vi ho ascoltato. Francesca, penso che si avvicini il tempo di fare qualche passo importante. Ne parleremo.»

Francesca abbassò lo sguardo.

«Chi mi devi far conoscere?» chiese Marco per sviare il discorso.

«Sergio.»

«Il maestro?» aggiunse Francesca.

«È un fisico teorico, che si è interessato alle bocche. Lui vorrà discorrere con te.»

«Uno scienziato. È giusto.»


Raggiunsero una villetta carina dove abitava Sergio. Marco si accorse per la prima volta che l'uomo aveva un sorriso accogliente e uno sguardo intelligente e profondo. Nulla a che vedere con la persona indispettita per essere stata interrotta, che aveva incontrato al convento.

«Ti ho portato un regalo.» esordì Maria.

«Entrate. Accomodatevi.» Li accolse in una piccola stanza, che sembrava più grande, perché aveva la pretesa di essere uno studio, ma i libri erano scarsi, tanto da farla sembrare più vuota.

«Suor Maria… da quanto tempo non vieni a trovarmi. Temevo volessi abbandonarmi.»

«Non lo farei mai. Lo sai. E poi tu vieni ogni giorno al convento.»

«Non è la stessa cosa. Lo sai. Mi hai portato le tue patate?»

«Ti fa male mangiare quelle cose... Lo sai.» disse suor Maria accondiscendente

«Lo sai che soffro di sindrome dell'abbandono.»

«Quando ti senti solo, puoi venirmi a trovare al convento, anche al di fuori delle lezioni.»

«E se mi crolla un pezzo della grotta sopra?»

Suor Maria sapeva che Sergio aveva parecchi problemi, ma anche che li ingigantiva un po', quindi cambiò discorso. «Non ti crolla addosso la mattina, non vedo perché dovrebbe succedere dopo, comunque abbiamo bisogno di te!»

«Ditemi.» Sergio si fece attento, contento di essere utile.

«Lui viene da fuori.»

L'uomo si illuminò. Aveva tante domande e non sapeva da dove cominciare. Era parecchio che nessuno veniva da fuori. «L'avevo intuito, non ti nascondo che presto ti avrei cercato per domandartelo. Da che anno?»

«1943 e 2057.» rispose Marco.

«Come mai tanto tempo? E due volte?»

«Sono entrato due volte nella bocca.»

L'uomo s'illuminò ancora di più. Prese uno dei volumi, che si rivelò essere un quaderno, dentro c'erano delle fitte annotazioni, con una scrittura minuta, lo aprì alla fine e appuntò qualcosa. «Hai cronometrato quanto ci sei stato nelle bocche?»

«No.»

L'uomo rimase deluso. «Peccato. Mi sarebbe servito per migliorare la precisione dei calcoli. Comunque, l'informazione che anche tu sei entrato più di una volta senza risentirne è già qualcosa.»

«Che vuol dire?»

«Anche io sono entrato nelle bocche, più di una volta. Sapere che ci sono due persone che sono entrate più volte e ne hanno risentito poco è importante, ma non è questo il punto. Come sono le bocche dall'altra parte?»

«Quando ci sei entrato non le hai viste?»

«Diciamo che avevo troppa fretta e paura per esercitare il mio spirito di osservazione. Non le ho attraversate. Allora?» chiese l'uomo con impazienza.

«Dall'altra parte c'era una sola bocca, poi ho liberato l'altra da una frana.»

«Ecco perché avevo notato cambiamenti.» commentò Sergio.

«Ti eri accorto di qualcosa?»

«Le bocche le ho studiate a lungo. Credimi non potevo non accorgermi di qualcosa.»

«E ne hai parlato troppo…» commentò suor Maria.

«Le consorelle stavano già pensando di uscire, ma ammetto che potrei avergli dato una spinta... Una frana. Una frana. Mi sembra di ricordare qualcosa.» ripeté l'uomo in preda ai suoi pensieri. «Terra o rocce?»

«Sembravano rocce.»

«E le rocce sono ben divise?»

«In che senso?»

«Si distingue bene una roccia dall'altra?»

«La luce della bocca le confondeva. Non molto, direi.»

«Una frana antica.»

I due trascorsero molte ore a scambiarsi informazioni e suor Maria restò con loro.

«Perché non avete rimosso la frana?» chiese Marco.

«Mi sono accorto che il punto che scatena l'effetto della bocca dall'interno inizia molto prima della frana. Avevo capito che qualcosa ostruiva l'ingresso, ma per rimuoverlo, magari fuori avrei trovato i dinosauri.» disse Sergio.

«C'erano sull'isola?»

«Non lo so e non l'ho voluto scoprire. Tu, invece, con la frana fuori della bocca hai rischiato, ma per fortuna ti è andata bene.»

«Io voglio tornare indietro. I tedeschi non ci hanno seguiti fino alla bocca. Devo bloccare Anna prima che ci entri.» esordì, alla fine, Marco.

Maria avrebbe voluto dirgli di non pensare a quella eventualità, ma qualcosa la spinse a non intervenire.

«Hai una sola possibilità. Se esci dalla bocca che ti porta avanti l'altra sarà disponibile solo dal giorno in cui l'hai sbloccata in poi. Devi andare dall'altra bocca, aspettare che si blocchi e si sblocchi. Quando vedrai cambiare la luce, a causa delle frane, dovrai uscire. Se la frana dovesse cadere di notte potresti perdere qualche giorno. Quando la frana cadrà la devi rimuovere subito.»

«Magari potrei appoggiarmi alla frana e rendermi conto di quando sparisce.»

«Vero. Come al solito guardo l'insieme e mi perdo sui particolari.» commentò Sergio con una smorfia.

«Va bene.»

«Ti darò degli attrezzi, anche perché non sai cosa troverai di là. Converrebbe non farti vedere troppo in giro, ma sarà meglio capire l'anno in cui ti trovi, o in che era geologica, così potrai aggiustare i miei calcoli. Speriamo che tu sia bravo in matematica.»

«Speriamo.»

«Non lo faccio per te. Lo faccio per me. Voglio la tua parola che mi aiuterai.»

«Che devo fare?»

«Io sono ebreo. Sono entrato nella grotta l'8 gennaio del '42, alle 13:00, perché i tedeschi della base mi braccavano.» Marco si stupì perché l'uomo, secondo la data corrente doveva avere molti anni in più di quanti ne dimostrasse. Lui sembrò leggerlo nel pensiero. «Lo so. Ho fatto molte prove con le bocche. Sarei dovuto morire tanti anni fa. In tutti questi anni ho provato e misurato e mi ritrovo qua. È una storia lunga. Comunque, un secondo nella bocca sono 60 giorni, 20 ore e 25 minuti fuori. Un minuto sono dieci anni. 3650 giorni. Tienilo a mente. 60 giorni, 20 ore e 25 minuti. È importante.»

«D'accordo.»

«Dovrai fare solo due viaggi, perché sono troppe le incognite. Non sappiamo se il primo viaggio è diverso dagli altri o se il nostro corpo si comporta diversamente con più viaggi e tu hai già viaggiato, o che cosa diavolo altro può andare storto.» gli porse il suo volume. «Se riuscirai, alla fine della guerra, mi butterai questo volume in una bocca. Io capirò, perché riconoscerò la mia scrittura e non ci metterò tutti questi anni per i miei esperimenti. Tu mi salverai amico mio.»

«D'accordo.»

«Comunque cronometrerai il tempo che starai nella porta. Pensa in secondi. È più semplice. Lo sai che non sappiamo quanto tempo dovrai attendere?»

«Lo so.»

«Lo sai che se cominci non ti potrai fermare?»

«Sono pronto.»

«Hai coraggio, amico mio.» Sergio lo abbracciò.

«Fatemi capire. Dove avresti intenzione di rimandarlo?» chiese suor Maria.

«Indietro... Lo rimando indietro e, se capisco le sue intenzioni, cercherà di salvarci tutti.» commentò Sergio.

Suor Maria non disse nulla, ma si rese conto che probabilmente quella sua vita avrebbe cessato di esistere. Per un attimo si domandò se fosse ciò che voleva, si rispose che quella vita banalmente non sarebbe mai esistita, ma suor Maria era un paradosso, quindi decise di lasciarli fare. Andarono alle bocche.

«Io mi fermo qua.» disse Sergio a ridosso della bocca. «C'è una penna nel quaderno. Se puoi, scrivi: "viaggio speciale", la data in cui sei arrivato e il tempo che ci hai messo.»

«Ci vediamo presto.»

«Il tempo è relativo, amico mio. Mai come in questo caso!»

Sergio si permise di abbracciarlo di nuovo. Poi annotò la data e l'ora sul quaderno e glielo restituì. Marco si mise vicino alla bocca. L'unica cosa che notò fu che Sergio sparì di colpo. Dopo qualche tempo, si appoggiò alla frana, che era ritornata al suo posto e attese che sparisse.

# Capitolo 29 Indietro nel tempo

Marco stette vicino alla bocca dodici ore e trenta minuti esatti. Stando ai suoi calcoli doveva essere circa il 1367. Chissà per quale motivo il viaggio l'aveva fisicamente prostrato, ma riuscì a tirarsi fuori rapido dalla bocca. Si avvicinò con fatica a Kastri, che era in pieno dominio veneziano. In maniera fortuita scoprì che era il 12 novembre 1367 ed erano le dieci di mattina. Segnò tutti i dati sul quaderno. Come quando le aveva liberate le bocche erano due, apparentemente identiche. Senza la frana la roccia all'ingresso non si illuminava. Pensò al mostro d'oro. L'effetto ottico della luce, che chissà perché, contro ogni logica, non sfogava da sotto la frana, ma percorreva la roccia fino ad arrivare all'ingresso, unito alla fantasia di chissà chi, avevano creato il mito del mostro d'oro. Ci mise alcuni giorni per riprendersi dal viaggio, poi la frana avvenne il 20 novembre e fu l'unico ad assistervi. Fortunatamente sapeva dove sistemarsi per non avere problemi. Con il crollo fresco i lavori per la rimozione furono più semplici e ci mise sette giorni per liberare la seconda bocca. Dietro consiglio di Sergio evitò di farsi vedere troppo in giro. Per provvedere a trovare cibo e acqua fece la cosa più logica, ma moralmente più discutibile. Li rubò a qualche ignaro raccoglitore dei cedreti. Era il 27 novembre 1367 quando sbloccò la bocca. Fece dei calcoli per trovarsi esattamente in tempo per bloccare Anna. Magari qualche giorno prima, per sicurezza. Calcolò l'ora in cui voleva partire, il giorno in cui voleva arrivare e il tempo che doveva attendere. Ricontrollò centinaia di volte disperandosi di non avere la bravura di Sergio a fare i conti. Gli fu difficile essere preciso, comunque al momento del viaggio, fece tutto rapidamente. Uscì dalla bocca augurandosi di non avere sbagliato in difetto, ma ancora di più lo terrorizzò la possibilità di sbagliare in eccesso e mancare di nuovo l'appuntamento con Anna.

Il fatto di avere stabilito un momento di partenza lo aiutò a buttarsi. Quando il suo orologio militare disse che l'ora era arrivata non potette far altro che andare. Dovette fare appello a tutto il suo autocontrollo, nella bocca, con la luce accecante e le forze che con il passare delle ore lo abbandonavano. Poteva vedere l'orologio solo tenendolo sugli occhi. L'ultima ora fu particolarmente difficile e gli ultimi minuti insopportabili, poi arrivò il momento di uscire. Riuscì a tirarsi fuori più con la forza di volontà, che con quella fisica. Recuperò qualcosa, ma passata una buona mezz'ora, non accennò a migliorare oltre e con le ultime forze si diresse verso Kastri. Il paese sembrava quello che ricordava. Raggiunse una casa, dove c'era una

ragazza, ma si spaventò, poiché non la ricordava.
«Buongiorno.»

«Buongiorno.» gli sorrise lei.

«Per favore mi risponda. In quale giorno siamo!»

La ragazza, che poteva avere una ventina d'anni, lo guardò in modo strano.

Dalla casa uscì il padre. «Oggi è il 13 novembre 1923.»

Marco accusò il colpo. Aveva sbagliato la data di venti anni e i conti di due minuti. Solo due minuti e venti anni. Anna era appena una bambina e lui non doveva rientrare nella bocca, perché Sergio aveva detto che aveva fatto troppi viaggi e poteva essere rischioso.

«Lei è?»

Lui decise in fretta e scelse per il resto di quella vita. «Mi chiamo Marcos Kastro. Vengo da Creta.»

«È un esiliato?»

«Nulla di più lontano. Mi creda.»

Aveva fame e sete, aveva subito emozioni non comuni ed era prostrato, quindi svenne.


Si ritrovò steso sul letto in casa.

«Come stai?» chiese l'uomo.

La ragazza gli portò dell'acqua. Tutta la stanza gli girava intorno. Chiuse gli occhi. «Gira tutto.»

«Sembra che tu ne abbia passate parecchie.»

«Non ne avete idea.»

«Io sono Ettore.»

«Marcos Kastro.»

«Di Creta... l'hai detto. Che fai a Gozzo?»

Marcos decise, per il momento, di giocarsi di nuovo la bugia del naufragio. «Sono un pescatore e la mia barca è naufragata per un guasto.»

«Sai dove andare? Avvisiamo qualcuno?»

«Temo di no. Non conosco nessuno.»

Marcos si rese conto che quell'affermazione era indiscutibilmente vera.

«Allora, puoi restare qua!»

Marcos pensò alla sua strana situazione. Sapeva tutto quello che sarebbe successo nei prossimi anni, ma non era sicuro di quello che sarebbe successo a lui. Conosceva la vita di Marco Kastriokis, ma Marcos Kastro ne aveva una tutta da scoprire. Una cosa era chiara. Avrebbe aiutato Marco e Anna, ma anche Maddalena, la futura prostituta e Sergio. Doveva capire come farlo senza alterare gli eventi, perciò avrebbe impedito solo le cose brutte e lo avrebbe fatto perché conosceva chi erano intimamente quelle persone, anche se in quel momento erano bambini o adolescenti. Chiara era una ragazza. La donna quasi cinquantenne che aveva intravisto in precedenza non l'aveva colpito. In definitiva non era di una bellezza prorompente neanche da giovane, ma aveva il fascino della gentilezza e dell'animo sensibile. Marcos ebbe modo di apprezzarla per come gli stette vicino mentre si riprendeva, per come lo aiutò in tante cose, per come parlavano, e poi, Anna era in un'altra vita e lo aspettava più avanti.

Alcuni giorni dopo Marcos, ancora malfermo, raggiunse Ettore nella sua fucina. «Vorrei sdebitarmi. Siete tanto gentili tu e tua figlia, ma non posso approfittare di voi.»

L'uomo era intento a forgiare manici per i tini. «Cosa sai fare?»

Marcos non poteva dirgli certo che era da sempre stato in marina e l'unica realtà che conosceva erano le future navi da guerra. «Niente, ma imparo in fretta.»

«Allora potresti darmi una mano.»

«Tu cosa fai per vivere?»

«Io forgio il ferro, ormai quel poco che riesco a recuperare, faccio i tini, gli orci e le botti. Ogni tanto prendo le pecore che si perdono e le restituisco, quindi i padroni mi permettono di prenderne il latte.»

«Ci sono spesso pecore che si perdono?»

«Abbiamo anche un gregge selvatico. Io sono l'unico che le può mungere.»

«In che senso?»

«Non so spiegarti. Gli isolani rispettano chi fa le proprie scelte. Anche gli animali. Poi loro hanno le loro belle bestie curate. Io no. Faccio altro e loro mi danno in cambio pane, latte e quanto mi serve, ma sono l'unico che ha il permesso di mungere il gregge selvatico. Come mio padre.»

Marco decise di parlare chiaramente. «Non devo andare via di qua. Ho perso tutto.»

«Potresti imparare il mio mestiere allora.»

«Se sarò capace.»

«Se hai perso tutto sarai capace.»


Legarono parecchio con Chiara e quando si rimise in salute iniziarono a fare passeggiate sempre più lunghe.

«Certe volte ho l'impressione che tu sappia sempre dove andare.» esordì Chiara una mattina.

Cercò di temporeggiare per capire se lei avesse carpito qualcosa di strano nel suo comportamento. «In che senso?»

L'espressione della donna non lasciava adito ad altre possibilità. «Tu conosci il paese!»

«Non ci sono mai stato prima.» disse Marcos sapendo di non mentire del tutto, almeno in senso cronologico.

«Un giorno mi spiegherai.»

Marcos sorrise. Come faceva a spiegare che era stato a Kastri sia nel passato sia nel futuro? In quel momento si stavano avvicinando alla casa di Giovanni e Maria, che stava fuori. Vicino a lei giocavano due bambini.

«Anna, Marios, fate i bravi.» disse Maria.

Marcos sentì un tuffo al cuore. Fu così che incontrò Anna, ma non la cercò. Fu più che altro un'innocente curiosità oltre che un avvenimento ovvio in una piccola isola. Lei e Marios erano bambini.

Chiara notò qualcosa di strano. «Buongiorno Maria.»

«Buongiorno Chiara. Lui è Marcos?» Marcos provò un grande piacere a ripresentarsi a Maria.«Hai ragione. È un bel ragazzo.»

«Maria non lo dovevi dire.» disse Chiara.

«Giovanni come sta?» chiese Marcos.

«Bene grazie.»

Dopo qualche passo, lontano da orecchie indiscrete Chiara esordì: «Io non ti ho parlato di Giovanni!»

«Forse l'ha fatto Ettore.»

«Probabile.» disse la donna con sarcasmo. «È probabile, che uno che non parla mai di nessuno sia venuto a parlare giusto, giusto con te di Giovanni.»

A Marcos faceva piacere che Chiara fosse una che non si facesse prendere in giro, ma era ancora presto per svelarle qualcosa, quindi sviò il discorso. «Andiamo di là.» disse indicando la strada per casa di Maddalena la futura prostituta.

«Dimmi. Cosa vuoi vedere di là?»

Marco fece finta di non capire. «Io? Niente.»

«Tu sei già stato qui! Andiamo dove vuoi andare.» Marcos spiò a casa di Maddalena cercando di non farsene accorgere. «Chi ti interessa qua Antioco, Diana, o... Maddalena?»

La donna si preoccupò moltissimo. Stava per scattare. Quale interesse poteva avere un uomo adulto per una ragazza adolescente, se non un interesse deviato?

«È complicato.»

«Parla o avviserò gli altri.»

Marcos sospirò. «Tu hai sentito la leggenda della bocca d'oro?»

«No.»

«La bocca d'oro è una porta del tempo.»

Marcos guardò Chiara aspettandosi qualche reazione.

«Ho capito. Sei male informato. La storia parla delle bocche d'oro, una che porta avanti e l'altra che porta indietro nel tempo.»

«Infatti. Io ho sbloccato la seconda bocca e la leggenda è cambiata. Io le ho viste.»

«Sentiamo. Che dice la leggenda?» chiese Chiara.

«Che diceva. Prima era del tutto diversa. Parlava della bocca d'oro che era sorvegliata dal mostro d'oro.» la corresse Marco.

«Mai sentita.» commentò Chiara.

«Lo so. Ti ho detto che ho sbloccato io la seconda bocca.»

«Si tratta di una leggenda. Non esiste quel posto sull'isola.»

«Solo chi si trova in estremo pericolo, riesce a trovarle. Questa caratteristica magari è rimasta.» disse Marcos.

«E sentiamo! Chi si è trovato in pericolo?»

«Chi si troverà in pericolo... Anna, io Maddalena e Sergio. C'è, sull'isola, un Sergio, laureato in fisica?»

«Il maestro.» disse Chiara facendosi attenta.

«E quando vi sareste trovati in pericolo tu, un'adolescente, un maestro appena laureato e una bambina?»

«Non è ancora successo.»

«Provami che stai dicendo la verità!»

«Come?»

«Dimmi che succederà tra dieci minuti!»

«Non funziona così. Non conosco il futuro. So solo quello che ho visto nel futuro.»

«Allora portami alle bocche!»

Marco ci pensò tanto. «Non so se è una buona idea.»

«Perché?»

«Le bocche sono incontrollabili.»

«Per crederti devo vederle!»

«Posso mostrartele, ma sono un posto così strano che addirittura dubito che tu, che non ti sei mai trovata in pericolo, riusciresti a tornarci da sola.»

«Tu ci sei stato.»

«Io sarò in pericolo.»

«Quando?»

«Nel futuro, quando arriverò. Avrò la stessa età di Anna e avrò bisogno che tu mi aiuti a fare ciò che dovrò fare nei prossimi anni, visto che staremo insieme. Ti ci porto, ma voglio che tu mantenga il segreto.»

«D'accordo.»

«Voglio la tua parola.»

«D'accordo, d'accordo.» disse la donna ormai impaziente.

«Poi non torneremo più in quel posto, finché non ce ne sarà bisogno.»

«D'accordo.»

«Voglio la tua parola.»

«D'accordo, d'accordo.»

Chiara osservò le bocche meravigliata. «Posso toccarle?»

«Sì. l'unica cosa che non devi fare è entrarci.»

«Perché?»

«Un secondo là dentro sono 60 giorni fuori.»

«Ah!»

Chiara accarezzò la roccia e guardò la luce. «Ora mi devi raccontare tutto! E prometti che mi dirai la verità!»

«Lo prometto. A patto che se mai ti dovessi dire che non posso dirti qualcosa, tu non insisterai.»

«Ci sono cose del genere?»

«Ci vogliono spalle forti per il futuro, ma è solo una precauzione.»

«Mi fido di te.» disse lei, guardandolo con una luce diversa. «Ho una domanda. Da quale futuro provieni?

«Dal 1945.»

«E io? Dove sarò nel 1945?»

«Qua.»

«Con chi?»

«Con me!» Marcos sorrise.

«E mio padre?»

«Non sarà con noi.»

«E papà, quando morirà?»

«Non lo so quando. Te l'ho detto, ciò che non ho visto non lo so, ma venticinque anni sono come cento. Tanti ci saranno e tanti non ci saranno più.»

«Tu cosa conti di fare?»

«Io ho la possibilità di mettere le cose a posto. Forse posso impedire che le persone che conoscerò soffriranno.»

«E io?»

«Tu, se vorrai, mi aiuterai.»

Chiara lo guardò e, in quel momento, senza sapere perché, decise che l'avrebbe aiutato.


Maddalena, la futura prostituta, era adolescente. Sergio era un giovane laureato in fisica che era appena tornato da Atene e faceva il maestro a tutti i ragazzi. Giovanni e Maria avevano all'incirca l'età di Marcos e Patroclo era un allegro signore che coltivava la sua terra e viveva con la moglie Leocarda. Chiara si meravigliò moltissimo a sentire i racconti di quello che doveva avvenire. Fu difficile spiegare a Ettore che lui non ci sarebbe stato e anche lui si convinse che Marcos non fosse pazzo solo quando vide le bocche.

«In fin dei conti so che non camperò altri venticinque anni, ma non so quanti me ne restano.» commentò Ettore accarezzando una delle bocche. Poi guardò Marcos e Chiara. «Comunque me ne andrò tranquillo. Mia figlia starà bene. Sarà amata e continuerà ad aiutare gli altri.»

«Sembra quasi impossibile che sia appena finita una guerra e ne debba cominciare un'altra, ma anche se mi avessero detto che avrei visto le bocche non ci avrei creduto.» chiara strinse la mano di Marcos.

Ettore si ricompose. «Ho deciso. Se per te sta bene, ti insegnerò tutti i segreti del mio mestiere. Ti permetterà di mantenere la famiglia.»

Marco non ebbe difficoltà a rispondere. «Come hai ben capito io sono un paradosso. Non dovrei esistere in questo tempo, quindi non ho altro se non te e tua figlia.»

Gli anni passarono tranquilli. Marcos e Chiara si sposarono ed ebbero due gemelli, Diana e Achille. Marcos si integrò alla perfezione. L'isola era una grande famiglia dove tutti i ragazzi erano figli di tutti. Marios, Anna e i ragazzi di Kastri frequentavano la sua bottega e giocavano con i suoi figli. Lui era lì, vigile e, nel suo piccolo, qualche danno l'avrebbe evitato, ma non avrebbe coinvolto nessuno prima del tempo. In effetti conosceva le date che avrebbe dovuto attendere. Non era necessario fare nulla prima. Con il tempo fu necessario spiegare a Chiara quello che sarebbe successo. Qualche volta fu, comunque, difficile ripetere che non sapesse tutto in assoluto, ma Chiara era una ragazza intelligente.

La base fu costruita tra marzo e novembre del 1941, dopo l'invasione della Germania ai danni della Grecia. I tedeschi non mostrarono immediatamente il loro lato peggiore. Marcos ed Ettore furono reclutati spesso per fare dei lavori nella base, perché erano gli unici che avessero una qualche abilità artigianale. Per questo motivo accedevano a qualsiasi locale, in qualsiasi ufficio. Marcos continuava a memorizzare informazioni, anche se, apparentemente, era disinteressato alla base. Fu così che arrivò l'8 gennaio del 42, alle 12:30 Sergio sentì bussare alla sua porta. Aveva visto i tedeschi arrivare dalla finestra e, per un caso fortuito, loro non l'avevano visto. Erano in due e Sergio si insospettì. Non era mai successo che fossero andati a casa sua. A casa di Ettore ci andavano, per chiedergli riparazioni o altro, ma non a casa sua.

«Lo ammazziamo subito questo bastardo ebreo?» chiese un soldato in tedesco.

«Appena apre la porta. Lo voglio guardare in faccia.»

Sergio aveva vissuto ad Atene, una grande città. Non capì tutte le parole, ma "ammazzare" ed "ebreo" erano chiare. In silenzio scavalcò la finestra dal lato opposto e scappò verso le montagne. I tedeschi ci misero del tempo a capire che cosa succedesse e a tentare di aprire la porta. Poi persero tempo a decidere di sfondarla e rendersi conto che si era allontanato. Tempo che fu vitale per lui, ma sfortunatamente lo videro fuggire e si lanciarono all'inseguimento.

«Abbiamo un appuntamento per oggi.» disse Ettore.

«Sergio... Lo so.» sospirò Marcos. «Io ho un appuntamento.»

«Vengo con te.»

«Può essere pericoloso.»

«Appunto. Vengo con te!» ribadì Ettore.

Marcos ormai rispettava moltissimo il suocero e aveva fiducia in lui quindi prese il volume di Sergio, andarono alle bocche e si nascosero.

«Non so se lo inseguiranno fino alle bocche. Non credo, ma preferisco essere sicuro.»

Sergio arrivò correndo. Si buttò sulla parete di roccia. Marcos era pronto a mostrargli la fessura se fosse stato necessario, ma la trovò da solo e si infilò. I tedeschi arrivarono subito dopo, ma non trovarono nulla e, dopo una serie di imprecazioni, abbandonarono il posto. Marcos ed Ettore uscirono con precauzione ed entrarono nella fessura, ma Sergio non c'era.

«È andato.» commentò Marcos. «Gli butto il quaderno.»

«Aspetta!» disse Ettore. Marcos lo guardò. L'uomo aveva un'espressione grave, segno che stava per dire qualcosa di difficile. «Figlio mio. Ho preso una decisione.»

«Dimmi.»

«Glielo porto io il quaderno.» Marcos attese. «Hai detto di non avermi incontrato nel futuro. Ho pensato. Non hai mai detto se ero morto, solo che non c'ero. Io sono vecchio e stanco. Una guerra già l'ho vista. Ho l'occasione di evitarmi la seconda. Comunque, sono tranquillo perché tu, Chiara e i bambini starete bene.»

«A Chiara cosa dico?»

«Che torno! So quando la guerra sarà finita. Voglio fare il nonno!»

Marcos sorrise. «Sembra che, nonostante tutto, il futuro riservi comunque sorprese!» Ettore lo abbracciò per salutarlo. Marco gli diede il libro e gli spiegò come trovare la grotta. «Spiega tutto a Sergio, perché lui ancora non sa niente e fagli capire perché non potevo avvertirlo. Affrettati nella bocca perché...»

«Un secondo dentro, sessanta giorni fuori. Lo so. Ci vediamo presto.»

Ettore scomparve nella luce. Marco tornò solo a casa.

Chiara fece un enorme sorriso. «Non dire nulla. So dov'è andato. Ci ho sempre sperato. Ora so che non è morto.»

«Cosa diciamo ai bambini?» chiese Marco.

«La nostra famiglia custodirà il segreto delle bocche, ma loro sono ancora piccoli. Gli diremo che è dovuto andare via.»

# Capitolo 30 Il salvataggio di Cassandra

Marcos pensò che il suo intervento nella vicenda di Sergio probabilmente avrebbe modificato poco gli avvenimenti successivi. Inoltre, Sergio era un cervello sopraffino e probabilmente aveva valutato anche lui le eventuali implicazioni. Questo tranquillizzò moltissimo Marcos, anche se non poteva avere nessuna certezza. Per la seconda data, il suo secondo appuntamento, Marcos ebbe moltissimi dubbi. Si trattava di aiutare Maddalena, impedire che diventasse la puttana dei tedeschi, probabilmente privarsi di tutti gli aiuti che gli avrebbe dato proprio per sete di vendetta. Doveva impedire la morte di Cassandra, quindi sarebbe intervenuto pesantemente, senza sapere come sarebbero cambiati gli avvenimenti seguenti, rispetto a quanto conosceva. Per Sergio aveva dovuto solo attendere che trovasse le bocche, ma per Maddalena e Cassandra doveva inventarsi qualcosa senza mettersi a rischio. Comunque, aveva tempo. C'era solo un problema. Conosceva la data, il luogo e le persone, ma non sapeva come si sarebbero svolti i fatti e fu Chiara a venirgli incontro.

«Questo Shulz... È una specie di damerino, che non ama sporcarsi. È vero?»

«È così.»

«Allora porta il gregge selvatico alla vecchia casa. Che la coprano di cacca e che resti coperta di cacca.»

«Potrebbero non andarci neanche Maddalena e Cassandra.»

«E forse si salverebbero, ma lo escludo. Non ci sono altri posti così riservati e loro sono contadine. Terranno la casa pulita. La cacca all'esterno concima la terra.»

Marcos studiò le abitudini delle ragazze senza farsi scoprire. Quando erano alla vecchia casa, arrivava con il gregge. Fingeva di non accorgersi che erano dentro, in questo modo le abituava alla sua presenza. Appena terminò la costruzione della base, notò che Shulz, sempre scortato, iniziò ad abituarsi alle sue passeggiate, ma nonostante la sporcizia disseminata intorno alla vecchia casa prese l'abitudine a dirigersi anche da quella parte. Marcos pensò che avesse adocchiato già le ragazze e iniziò a preoccuparsi.

Il 13 marzo del 1942 sorvegliò la casa più attentamente. Cassandra e Maddalena avevano comunque l'abitudine di non arrivarci insieme e di andare via separatamente. Quel giorno Cassandra era quasi arrivata alla casa, quando aveva sentito delle voci tedesche. Cassandra si spaventò e cercò un posto dove avrebbe potuto nascondersi, ma non ne trovò. Maddalena era sicuramente nella casa, perciò allo spavento si aggiunse l'angoscia. Dal tono capì che l'avevano vista. Erano in tre. Giovani. Uno aveva la divisa diversa. Sicuramente era un graduato. Gli altri due dovevano essere sottoposti.

*"Maddalena ti prego nasconditi."* pensò Cassandra pregando Dio che la lasciassero in pace.

«Dove vai, bella signorina?» chiese l'uomo in un greco dall'accento straniero.

«Vi prego. Voglio andare a casa.»

L'uomo parlò in tedesco e i tre risero. Cassandra pensò che sicuramente fosse stata una battuta di cattivo gusto.

«Ti accompagniamo noi.»

Dissero ancora qualcosa in tedesco e risero ancora. Cassandra era pietrificata. L'uomo si avvicinò e le girò intorno, poi, delicatamente la prese sottobraccio. Maddalena, che aveva sentito tutto, si nascose nell'armadio, mentre uno dei soldati stava già forzando la porta con un coltello e lei sapeva che ci sarebbe riuscito facilmente, perché loro entravano allo stesso modo.

Marcos era già vicino alla casa con il gregge. Ora doveva improvvisare. Sapeva che con Shulz fingersi stupido e sottomesso poteva essere la carta vincente.

«Stupide bestie. Non andate alla porta. La imbratterete.» disse provvedendo invece che facessero il contrario di ciò che diceva. Fu un rischio, perché Shulz era un montanaro e Marcos non sapeva se ne capisse di pecore, ma i soldati si fermarono e quello con il coltello lo nascose. Poi, con mille scuse, fingendo ancora di sbagliare, Marco circondò Shulz di pecore e lui mostrò un profondo ribrezzo. Cassandra capì che l'uomo fosse a disagio nello sporco e fece in modo d'imbrattarsi.

Prima mostrò le scarpe sporche, in modo che le vedessero tutti, nel tentativo di pulirsi finse di scivolare e completò l'opera porgendo una mano a Shulz, per chiedere aiuto.

«Porta via queste bestiacce!» urlò Shulz ritraendosi.

«Perdonatemi signore! Sono animali stupidi. Se imparano una strada, non c'è verso di fargliela cambiare.»

Shulz urlò degli ordini in tedesco ai soldati, che si affrettarono a seguirlo. Marcos, a quel punto, si tolse dalla faccia l'espressione ebete, che faceva tanto colpo sul tedesco. Cassandra notò il cambio di atteggiamento.

«Ascoltami. Devo parlare una volta sola. So di te e di Maddalena, che sta là dentro. Non mi interessa. Starò zitto. Lo so quanto è difficile per voi. Quell'uomo forse tornerà a passeggiare da queste parti. Non vi deve incontrare! È pericoloso.»

Cassandra si rese conto che aveva subito un brutto pericolo.
«Grazie.»

«Non vorrei che fossero nelle vicinanze. Tira fuori la tua amica. Vi accompagno a casa.» Cassandra restò interdetta. «Ti ho detto che la vostra relazione resterà segreta, ma non qui. Dovete lasciare la casa e non tornarci.»

Cassandra annuì.

Maddalena era sull'uscio. «Te l'avevo detto che ci aveva scoperte. È troppo sveglio.»

«Non sottovalutate il tedesco. È presuntuoso, non stupido. Tenete un basso profilo. Cambiate posto.»

Marcos guardò le due donne. A questo punto era preoccupato. Aveva salvato Cassandra, ma aveva eliminato la puttana dei tedeschi, che tanto l'avrebbe aiutato e non poteva prevedere quanto sarebbe cambiato il futuro, ma avrebbe vigilato. Comunque, ora aveva un'altra data importante anzi, a pensarci bene più di una: L'appuntamento con la nave, con Anna che non doveva entrare nella bocca e anche con Marco Kastriokis, che avrebbe avuto un aiuto di meno, Maddalena e un angelo custode in più, Marcos Kastro, ma dovevano passare anni.

Arrivò anche Marco Kastriokis e Marcos iniziò a sorvegliarlo da lontano. Spesso era stato lui l'ombra che Kastriokis aveva visto e che tanto l'aveva preoccupato. Una mattina Anna bussò alla porta di Marco.

«Avanti!»

Lui non volle restare con lei in casa. Sarebbe stato difficile rispettare la parola data a Giovanni in quelle condizioni. La loro storia stava nascendo.

«Andiamo a fare una passeggiata.»

«Fa caldo fuori.»

«Preferisco così!»

«E se ci vedono?»

«Non facciamo nulla di male.»

La ragazza accettò controvoglia. Marco si chiese se fosse a causa del caldo. Lei si era immaginata un incontro in qualche modo romantico. Si sarebbero abbracciati, baciati e non voleva spingere oltre la sua fervida immaginazione. In fin dei conti lui doveva essere un gentiluomo, che aveva dato la sua parola. Non poteva immaginarselo mentre approfittava di lei, ma si sorprese a chiedersi se le sarebbe piaciuto e si emozionò. Non aveva mai provato quelle sensazioni per qualche giovane dell'isola, ma quello sconosciuto le ispirava pensieri nuovi. Non sapeva dire se fosse qualcosa nell'aspetto, nella maniera di comportarsi, nei modi gentili. Forse era una combinazione di cose. Decise che era meglio uscire, per non essere tentata. Sorrise. «D'accordo. Usciamo.»

Era un pomeriggio di sole e l'aria era bellissima.

«Cosa fate di solito sull'isola?»

Anna si strinse nelle spalle. «Tutta vita qui. Da ragazzi si giocava a pallone. Oggi si lavora, poi ci si vede al paese, poi si lavora e poi ci si vede al paese.»

«Giocavate a pallone? Anche tu?»

«Soprattutto io. Ero una grande attaccante.»

«Dimostramelo.» Marco le calciò una piccola pigna secca e così trascorsero una buona mezz'ora a giocare e ridere come ragazzini. Poi si sedettero sotto a un albero.

«Parlami di te.» gli disse lei facendosi seria.

«Mi chiamo Marco Kastriokis, vengo da Creta e sono un pescatore.»

«Seriamente.»

Lui abbassò la voce. «Mi chiamo Marco Kastriokis, vengo dai sobborghi di Londra e sono un marine della Royal Navy.»

Lei si fece attenta. «La tua famiglia?»

«Mio padre e mia madre lavoravano in fabbrica e quando la Luftwaffe iniziò a bombardare cominciò dalle fabbriche aeronautiche e altre infrastrutture, anche per annientare la volontà di resistenza della popolazione civile. Credo che i miei siano stati tra le prime vittime della guerra.»

«E ora?»

«E ora mi trovo qui, nell'isola di Gozzo a parlare con la più bella ragazza che abbia mai conosciuto.»

Lei arrossì, come al solito. «Non scherzare. Chissà quante ragazze ci sono al tuo paese.»

«Nessuna.»

«Bugiardo.»

«Nessuna come te.» In quel momento Marco si accorse che lei era pericolosamente vicina. Troppo. Comunque, ormai era tardi. Lei non riuscì a non baciarlo, a un certo punto Marco sentì un rumore che per lui, che era addestrato, fu inequivocabile. Dall'interno del cedreto qualcuno li spiava. «C'è qualcuno!» disse scostando la ragazza e buttandosi all'inseguimento.

Marco era in posizione tale da intravedere solo un'ombra e sentì solo il frusciare degli alberi mentre l'ombra scappava via, ma Marcos vide bene che si trattava di Marios. L'ombra si trovava anche a una certa distanza e sicuramente conosceva il terreno. Dopo un poco Marco non sentì più niente. Si fermò e si guardò intorno cercando di cogliere qualche segno, ma non ci riuscì. Allora pensò che l'ombra avrebbe potuto anche fare il giro e tornare da Anna per qualche motivo, quindi corse indietro. Si tranquillizzò quando vide che Anna stava bene.

«Chi era?»

«Non lo so.» disse lui guardandosi intorno. Poi cercò di avere un comportamento più tranquillizzante.

«Ci spiava?» chiese lei meravigliata che potesse succedere.

«Non lo so, magari era solo un animale e mi sono sbagliato.» disse lui mentendo per non impensierirla. Marcos capì che la spia era sempre stata Marios. Era stato nel bosco che li aveva sentiti e Marco, nel bosco, non aveva detto qual era la sua nave. E ora? Marcos voleva ormai bene a Marios come a un figlio. L'aveva cresciuto. Un altro problema da risolvere


Marios non aveva altro pensiero che togliere di mezzo quell'uomo, per gelosia. Era sempre stato innamorato di Anna e quell'uomo era venuto a portarla via. Non poteva sopportarlo. Aveva sempre evitato d'incrociare il comandante Shulz durante le sue passeggiate, ma adesso voleva incontrarlo. Shulz passeggiava con la sua solita scorta.

«Comandante Shulz. Posso parlarle?» Un soldato lo bloccò. «Appena puoi riferisci al comandante che nella vecchia casa abita un uomo che si spaccia per pescatore, ma è della marina militare britannica.»

Shulz si era allontanato, ma aveva sentito e, siccome l'informazione era importante, si abbassò a darle attenzione. «Quale nave?»

«Non lo so.»

«A che serve una mezza informazione? Dimmi di più e ti ricompenseremo.» disse allontanandosi di nuovo.

Marcos raggiunse casa di Marios deciso ad affrontarlo e a metterlo in guardia. Sapeva che doveva farlo presto, perché era un ragazzo impulsivo, ma a casa non c'era, quindi lo attese.

«Marios posso parlarti?»

«Marcos. Buongiorno. Certo che puoi parlarmi. Lo sai, mi conosci.»

Entrarono in casa. «Ero al bosco oggi e ti ho visto.» Marios non disse nulla. «Marios... Lo so che sei un bravo ragazzo, ma sei impulsivo. So anche che sei innamorato di Anna. Te lo dico senza mezzi termini. Non fare sciocchezze.» Marios continuò a stare in silenzio. «Sai che Anna potrebbe essere capace anche di farsi catturare se Marco fosse catturato. La conosci. Ti prego. Stai zitto.» Marios si rese conto che Marcos aveva ragione e lui aveva agito troppo avventatamente. L'altro si rese conto che qualcosa non andava. «Per amor di Dio. Se è successo qualcosa dimmelo. Forse possiamo rimediare.»

«Temo che sia tardi.» disse Marios riuscendo finalmente a parlare.

«Con chi hai parlato?»

«Con un soldato di Shulz, ma lui ascoltava!» disse Marios sentendosi alle strette.

«Che gli hai detto?» chiese Marcos per conferma. Marios fece un'espressione disperata. «Che hai detto?»

«Quello che ho sentito, l'uomo alla vecchia casa si spaccia per pescatore, ma è della marina militare britannica. Ho fatto un casino.»

Marcos cominciò a riflettere sulla maniera di rimediare a quel ginepraio. «Non ti preoccupare. Ci penso io.»

Ora era chiaro perché Marco fosse stato catturato, mentre Marcos sapeva che probabilmente non sarebbe stato ucciso. Certo avrebbe volentieri evitato le torture e tutto quello che ne sarebbe venuto, ma quest'occasione era ormai saltata. Tornò a casa dalla moglie. Si abbandonò su una sedia e si mise le mani tra i capelli.

«Cosa è successo?»

L'uomo attese un attimo. «Credo di avere avuto l'occasione di evitare la cattura di Kastriokis, ma non ci sono riuscito.»

La donna gli posò una mano sulla spalla. «Lo sapevi che non tutti gli eventi possono essere cambiati. L'hai imparato.»

«E se stessi facendo un errore? Se mettessi in pericolo anche te?»

La donna capì che era il momento di ostentare sicurezza. «Non ti preoccupare. Tenteremo lo stesso.»

«A questo punto dovrò andare io alla nave, sperando che mi credano. Tu dovrai bloccare Marco e Anna alle bocche.»

«È così importante per te Anna?» chiese Chiara.

Marcos la guardò negli occhi. «Per me no. Grazie a lei ho incontrato te, ma è importante per lui. Per Kastriokis.»

«Allora facciamolo. Le bocche sono coperte?»

«Le bocche sono sempre coperte.»

# Capitolo 31 Marcos raggiunge la Ajax

La notte stabilita Marcos prese la barca che era stata messa in secca da Giorgio e Giovanni e, tra mille dubbi, si mise in mare.

Quelli dell'Ajax non avrebbero visto Kastriokis. Non avrebbero visto niente che li rassicurasse e lui avrebbe potuto fare ben poco in quel senso. Gli avrebbero creduto? Comunque, doveva provare. Arrivò al punto convenuto. Grazie all'oscurità si resero conto tardi che Marcos non era chi aspettavano, ma lo recuperarono con l'argano e lo lasciarono piantonato ad aspettare.

Il commodoro uscì correndo e imprecando. «Chi diavolo è lei?»

«Marcos Kastro.»

«Che ci fa qua?»

«Il marinaio Kastriokis è stato catturato, ma io ho le informazioni che vi servono.»

«E come possiamo fidarci di lei?»

«Non potete essere certi. Kastriokis è stato catturato. I miei figli e mia moglie sono sull'isola. Voglio solo evitare un attacco alla cieca. Voglio darvi le informazioni per un attacco a bassa quota.»

Il commodoro si mise a pensare. «Secondo! Lei cosa ne pensa?»

«Io non mi fiderei. Arriviamo a bassa quota e ci troviamo di fronte i cannoni.»

«Si aspetteranno che vi nascondiate dietro i monti. Dovete tenere i monti a destra. Non di fronte. Volare a filo d'acqua. Non uscite da sopra le montagne. Questo ha detto Kastriokis.» Fece un movimento. I soldati che erano con loro imbracciarono le armi. «Piano! Ho una mappa. Ora la tiro fuori. Confrontate la firma di Kastriokis e capirete che me l'ha data lui.»

«Lentamente!» disse il secondo.

«Sono stato perquisito! Non ho armi.» Tirò fuori un pezzo di carta con la mappa della base. «Qui troverete i dettagli della base.»

«Il soldato Kastriokis rischia la corte marziale per avere coinvolto un civile.» disse Harwood.

«Kastriokis potrebbe essere morto. Prima di arrivare mi sono avvicinato alla base e ho sentito ancora le sue grida, ma sono passate ore. Io voglio solo salvare la mia gente e la mia famiglia!» si calmò. «Se mi crede bene, altrimenti li avrà sulla coscienza.»

Il commodoro Harwood. Lo squadrò da capo a fondo, poi decise che probabilmente quell'uomo aveva detto la verità. Non aveva delle reali motivazioni per decidere se non il suo istinto e la consapevolezza che Kastri fosse troppo vicina per un attacco da una quota di sicurezza. «Lei resta sulla nave. Se qualcosa va storto, la giustizierò personalmente.»

«Va bene. Immagino che sia ragionevole.»

«In isolamento subito!» ordinò il comandante mentre si dirigeva verso il ponte della nave. Marcos Kastro fu chiuso nella cella d'isolamento. Era stato un buon soldato. Non l'aveva mai vista dall'interno. Le pareti erano bianche e non c'era via di fuga, ma non gli serviva fuggire. Doveva solo aspettare e sperare che anche sull'isola tutto andasse per il meglio. Sedette per terra. Ora non poteva fare più nulla, solo sopportare pazientemente la compagnia del demone dell'ansia e sperare.

# Capitolo 32 La fuga di Marco e Anna

Quando il bombardamento cominciò Marco si era quasi liberato. Immediatamente Shulz si rese conto che, contro ogni logica, gli aerei non erano arrivati da dietro i monti, ma da nord ovest e la flakvierling, che era stata inefficace, era stata distrutta, come gli aerei, che non erano riusciti a decollare, perché i piloti erano morti nel tentativo di raggiungerli. Osservava tutto questo dall'esterno dell'edificio dove si era appostato per avere un'idea chiara della situazione, incurante del pericolo era rimasto immobile ad assistere a quella che si presentava già come una pioggia di fuoco, sapeva che il nemico non sbagliava una mossa e questo preludeva alla sconfitta. Poi una bomba l'aveva semplicemente ucciso.

Marco e Anna uscirono dalla base, ma furono costretti ad andare verso le montagne a causa delle fiamme e degli attacchi. Kepfel che si era precipitato subito fuori dal suo alloggio, li vide e gli corse dietro.

Il pilota Smith aveva una sua personale velleità, condivisa dal suo mitragliere Corey e dall'osservatore Cox. Una volta finito l'attacco dovevano eseguire un unico tiro impossibile. Un tiro che potevano fare in pochi, per salvare qualcuno, per eliminare un nemico. Non importava il motivo. Importava il tiro.

Anna e Marco erano spariti dietro a una fessura, che in un gioco di prospettive era invisibile a una prima occhiata. Kepfel sparò dietro di loro, ma non li fermò.

Smith vide Kepfel, ma non Marco e Anna. Quello era il tiro. Seguì la parete della montagna. Arrivò fino al suolo. Raddrizzò l'aereo e cominciò a sparare. Kepfel vide alcune piccole esplosioni sul terreno e le stesse esplosioni sulla sua canottiera che si macchiò del suo sangue, ma lui non la vide. Era morto. Corey, che era pronto a correggere il tiro con la mitragliatrice di poppa, quando vide la scena si rese conto che gli altri colpi sarebbero stati sprecati.

«Fare il giro e arrivare da terra no?» domandò l'osservatore Cox, a cui non piaceva che l'aereo fosse messo in situazioni di pericolo.

«E far dire a Corey che il tiro era facile? Non ci penso neanche.» commentò Smith, poi tornò alla nave, ma prima fece un cenno di saluto. Anche quella era una loro piccola velleità. Salutare chi avevano salvato o chi avevano ucciso.

Chiara bloccò e tranquillizzò Marco e Anna che si sentirono persi, trovandosi in quell'enorme piazza naturale apparentemente vuota e senza vie d'uscita oltre quella da cui erano entrati e da dove probabilmente stava arrivando Kepfel armato.

«Siete fuori pericolo. Kepfel è morto.»

I ragazzi di Chiara erano anche loro nascosti nella valle e le bocche erano coperte.

«Tu che ci fai qua?» urlò Marco.

«Siete fuori pericolo. Kepfel è morto. Nessuno vi segue.»

«Come lo sai?» chiese Marco agitato.

«Ero nascosta nella fessura. Gli ha sparato da un aereo. È morto. Non c'è. Guarda tu stesso!»

Marco si guardò intorno, senza trovare vie d'uscita, poi guardò dietro di sé, immaginando con terrore l'arrivo di Kepfel, armato, ma non successe, allora Anna si inginocchiò e pianse un pianto liberatorio.

# Capitolo 33 Marco e Marcos

Marcos Kastro tornò dopo alcuni giorni. Harwood era rimasto a lungo indeciso se trattenerlo come prigioniero di guerra, o per qualche altro motivo, ma l'evidenza di ciò che aveva fatto era innegabile, quindi gli diede un piccolo autogonfiabile e lo fece sbarcare.

Marco Kastriokis l'aveva visto e lo stava attendendo sulla spiaggia. «Mi devi delle spiegazioni.»

«Saranno incredibili.»

«Sapevi dove era l'appuntamento con la nave. Io non l'ho detto a nessuno.»

«Mi dai la tua parola che quanto ti dirò resterà tra noi?»

Marco lo guardò incuriosito. «Perché?»

«Ho motivo di credere che manterrai la tua parola.»

«Va bene. Hai la mia parola.»

«Sapevo molto di più. Ti ricordi la cicatrice che ti sei fatto giocando a Londra?»

Marcos gliela mostrò sul suo corpo. In quel momento ebbe una stranissima sensazione. Ricordò tutto. Ricordò di quando non aveva potuto raddrizzare le cose, salvare Cassandra, Sergio, ma ricordava anche che li aveva salvati In un certo senso il tempo si era riparato. Aveva trovato il suo corso. Fino a quel momento ciò che era successo nello stesso istante era successo in maniere diverse, mentre ora c'era quello che era successo prima e quello che era successo dopo. Cassandra era stata salvata, ma era anche morta. Anche Maddalena, Sergio e Anna, erano stati salvati ed era anche successo che non lo fossero stati, ma in quel momento Marco e Marcos si erano contemporaneamente riuniti e poi divisi.

Marcos ebbe un attimo di smarrimento, ma si riprese subito. «Io sono te, ma io ho trovato le bocche d'oro. Tu no! Devi solo sapere che la leggenda è vera e io sono andato avanti e indietro nel tempo. Tu no! Io ho perso Anna. Tu no!»

«Come faccio a crederti?»

«Ti mostro le bocche!»

Arrivarono alle bocche, dove Marcos fece cadere le coperture e Marco restò meravigliato. «Belle vero? Io ho avuto bisogno che mi nascondessero. Tu no! Loro proteggono chi deve nascondersi.»

«E adesso?»

«E adesso, io sono Marcos Kastro. Tu no! Un giorno ti racconterò la mia vita.»

«Ho l'impressione che sarò impaziente di sentirla.»

«Ti basti sapere che hai salvato i paesani. Io ho salvato Kastri facendo in modo che l'attacco avvenisse a bassa quota. Ho anche aggiustato un po' di cose.»

«Questa cosa è strana.» disse Marco.

«È come se il tempo si fosse riparato, ma io devo ricordare tutte le versioni di quello che è successo. Immagino che sia un effetto collaterale di quello che ho vissuto.» constatò Marcos.

«Nonostante quello che ho visto fatico ancora a ragionare dei salti nel tempo, ma per fortuna questa cosa non l'ho vissuta.»

«Come ti ho detto tu e io non siamo più la stessa persona. Io sono Marcos Kastro.»

«Io… Non so che dire.»

«Non devi dire nulla. Vivi la vita che mi è costato tanto recuperarti. Con il tempo ti racconterò tutto.»


Qualche mese dopo, nella notte, bussarono alla porta di Marcos e Chiara.

Marcos Andò ad aprire. «Ettore! Sergio!» urlò abbracciandoli. Dopo pochi convenevoli di rito si sedettero insieme. «Vi attendevo prima!»

«Invece noi siamo voluti arrivare in sicurezza, proprio oggi.»

«Raccontateci tutto.» disse Chiara.

«Mi preparate le patatine? Mi sono mancate!» disse Sergio.

«I calcoli Sergio, prima spiega i calcoli.» disse Ettore impaziente.

«Grazie ai tuoi appunti sono arrivato a determinare che un secondo nelle bocche sono 60 giorni 20 ore e 26 minuti e 58 secondi fuori.»

«Gli appunti erano i tuoi.» disse Marcos.

«Li ho aggiustati con i tempi che hai cronometrato. Certo esisteva sempre un grado di incertezza, ma siamo stati precisi.»

«Si vede che è un teorico! Lui spiega quanto gli sono stati utili i calcoli. Spiega quanto ti è stato utile il quaderno!» disse Ettore dando sfogo alla propria impazienza. Marcos capì che, in qualche modo, i due erano diventati più amici nella grotta.

«Ettore mi ha dovuto raccontare tutto quello che avrei fatto se non avessi avuto il quaderno, ma comunque mi sono convinto perché la calligrafia era la mia.»

«Sempre il solito. È uno scienziato, si arrende solo all'evidenza dei fatti.» commentò Ettore.

«Già, ma davvero ho fatto tutto quel casino?»

«No. Non lo farai più.» disse Marcos.

«Comunque ci ho tenuto a ringraziarti subito. Mi hai fatto tornare a casa.» disse Sergio con una evidente punta di commozione.

«Anche tu a me!»

«Come ci comportiamo con le bocche?» chiese Sergio.

«In che senso?» lo imbeccò Chiara immaginando dove volesse andare a parare.

«Andrebbero studiate, analizzate e capite.»

«Le bocche staranno sempre là, a nascondere chi ne ha bisogno e riportare a casa chi vuole tornare. Quindi dobbiamo custodirle e tramandarle in segreto. Credimi, l'altro Sergio sarebbe stato d'accordo con me.» disse Marcos.

Sergio annuì. In fondo se lo aspettava. «Credimi, anche questo Sergio lo è. Vuol dire che comunque riuscirò sempre a pensare al bene degli altri. Anche di fronte alla scienza.»

«Detto da lui non è poco.» commentò Ettore.

# Epilogo

Erano passati quattro anni dalla fine della guerra. Il piccolo Gasaross, il figlio di Marco e Anna, compiva un anno e tutti i loro amici erano pronti per festeggiare.

Marco entrò nella stanza e la trovò vestita d'un abito nero elegante con un bracciale di grosse perle, una camicetta violetta e un baschetto nero.

«Ti piace?» gli disse lei.

«Non sai quanto. Da dove viene?»

«Se te lo dico ti piacerà ancora?»

«Assolutamente.»

«Mio padre l'ha trovato in un pacco nell'alloggio del comandante tedesco. Non so spiegarti, io non faccio queste cose, ma quando l'ho visto ho capito che era mio. Forse dovrei toglierlo.»

Fece per spogliarsi.

«Non lo fare.» la bloccò lui.

«Non sembro troppo sofisticata?»

«Non hai bisogno di sembrare una principessa. Per me sei sempre una principessa.»

Lei si convinse a tenerlo. Quando la vide Marcos si ricordò subito dell'abito, ma stavolta non poteva averglielo dato

Maddalena, perché la puttana dei tedeschi non era mai esistita. Guardò Anna gustandosi quel ricordo che era solo suo, in una strana sensazione pensò che quell'oggetto avesse avuto la singolare attitudine di arrivare comunque a colei a cui era destinato.

Si sentì grato per aver contribuito alla loro felicità e sorrise guardando Marco e Anna che si baciavano teneramente.

# Informazioni sull'autore

Marco Corsa nasce a Brindisi, nel sud Italia, dove ha la fortuna di vivere.

È diplomato in informatica e lavora nel campo presso una grande multinazionale italiana.

È sposato con Fabiana e padre di due bambine: Ludovica e Lavinia.

Di sé dice: «Possiedo una fortuna enorme: Sono creativo mentre dormo. Infatti, alcuni dei miei racconti e romanzi provengono da sogni che ho fatto e, credetemi, erano proprio così.»